SKimmy
的
台 北 戀 愛 圖 鑑

你的網路閨蜜 SKimmy——著

推薦序

愛情，即便怪異也要真實

諮商心理師．作家　許皓宜

愛情議題，自古以來總是各種創作領域中，永不退燒的話題。然而，要把愛情議題刻畫得深入又有趣，卻絕非一件容易之事，但這卻是《台北戀愛圖鑑》帶給我的閱讀體驗。

我和SKimmy相識的緣分，因她所寫第一本關於愛情的書而起。當時我們就各自鑽研的專業，從心理學角度探討她從時下觀察到的愛情現象。坦白說，對談當日，我著實被SKimmy事前充分的準備給驚訝到了！身為一個當紅的YouTuber，她不只對每一項問答做足了知識上的準備，更提出許多新奇的獨特觀點。後來與SKimmy私下相處後，才發現這是她多年來在世界各地遊走，並且累積許多經驗所得來的。做為一個大她超過一輪的「姐姐」，我也不禁在與她合作的過程中，督促自己更加吸收新知，因為她所出品的每一則影片和文字，總帶給我無限的靈感與活力。

閱讀《SKimmy的台北戀愛圖鑑》也是這樣的感受，她的文字有時幽默、有時帶有詩意，既像散文、又像帶點科幻感的小說，彷彿讀著讀著，就被同理了走在愛情江湖中，我們共同歷經的那些苦澀，只是有些事情經歷時間之後，抽出距離來再次回首，你會感受到一抹成長的甘甜。是啊，在愛情中，我們何嘗不都像妖怪一般，被照出那副鮮為人知的怪模樣？但當這一切被收錄到這本「戀愛圖鑑」中，你又發現原來那怪異的自己，本是眾生共通的模樣罷了！

戀愛，人人都談得起！但要從中有所學習與收穫，不論是否修成正果都能不負真心——這是我們每個人都在修煉的。希望有了這本「圖鑑」，在戀愛路上，你的心臟會更加強大，即便歷經苦難、也能越愛越有信心。

・目錄・

自序

在寫的同時，理解了這個世界

我曾經弄不清楚「寫作」對我的真正意義，就像我也曾弄不清楚「戀愛」對我的真正意義。很幸運的是，在這一兩年間，我因為工作的關係，把這兩件事情都弄清楚了。

在決定寫《台北戀愛圖鑑》的時候，我並不確定它會變成一本怎樣的書。所以大家往後翻可以看見，我用了各種不同的敘述手法。

在某些章節裡，我著重分析「現象」；在另一些章節裡，我從人物出發去探討「心境」。

《台北戀愛圖鑑》裡，有許多我朋友的故事、我認識的人的故事，也有我自己的故事。

透過這樣的書寫過程，我發覺自己更好的與這些人同情共感，當然有些事情年代久遠，真實情況到底如何已經不得而知，我僅能以藝術角度改動去完善角色的心態。

但即便是如此，我也仍舊感激能夠有這樣的機會，讓自己靜下心來，在打下每一個字的時候，細細品味這些人們的情感糾葛。

《台北戀愛圖鑑》像一本日記，一本台北年輕人的日記，有著這城市的年輕人們或平淡無奇、或淚眼婆娑、或尖酸刻薄、或暗自歡喜的生活體驗。

很多時候，我們往往對不能理解的、難以共鳴的、無法苟同的人事物，抱持著困惑而又自我防備的心態，我們會批判、會嘲笑、會謾罵，可其實我們真正需要的是理解。

也許，我們永遠沒法透徹地理解別人，因為就連理解自己都是一個漫長而需要一生的事情。

但是，我們依舊可以嘗試。在嘗試理解別人的過程中，我們變得溫柔、變得包容、變得寬和，視野也變得開闊。

我們都只能活一遍。

然而，在我嘗試理解不同人的心情、體會不同人的故事之時，我的生命就發生了變化——我不僅能活一遍自己的人生，也能活個二分之一遍、零點三五遍別人的人生。

Chapter 1

台北不是
拿來戀愛的

這裡是台灣，我們有精緻的道德、單薄的美感，台北又更加精緻、更加單薄。這裡容得下任何愛情故事，只要能夠承受一切竊竊私語的批判。

我愛你，在台北；這個城市彷彿飄搖又自在，太平洋的一隅，甚至連它自己都質疑自己的存在，但其確實存在。

沒有人會說：「我到台北來墜入情網。」我們會說：「我到洛杉磯來墜入情網」、「我到紐約來墜入情網」、「我到巴黎……」、「到斯德哥爾摩……」、「到東京……」

但我們身在台北、住在台北、離開台北，都不是為了要墜入情網。只是，愛情依舊在這個城市發生，在你期待或不期待的時候，以平淡或喧鬧的方式，降臨或砸在你的頭上。

台北的男生是溫的，而台北的女生是嬌的。

溫與嬌到底是不是一種好的搭配，我不知道，但愛情仍舊在溫與嬌之間發生，有時候溫的也會沸騰，有時候嬌的傲翻了天。

反正這就是台北。

「我就沒在台北看過一場偉大的戀愛。」Bonnie嘟囔著說，她的靴子在國家戲劇院的樓梯上撞出哐哐哐的聲響，中正紀念堂跟自由廣場的匾額遙遙相對，夜色疏落：「你看，就像這裡，一磚一瓦都有種既不古典也不現代、彷彿造景的感覺。」

她身旁的那個男人黑髮灰眼，既是洋人又是亞洲人，標準混血兒的樣貌。他聳肩一笑，一副不贊同卻又不想點破的模樣：「那麼，怎樣才叫偉大的戀愛？」

「偉大的戀愛，」Bonnie不假思索，就好像已經在心底演練過千百次這個回答一般：「當然是找到愛情的同時，又找到了自己。」

「所以，妳覺得大家沒有找到自己？」

「沒有，這裡的人根本不知道自己是誰。」

黑髮灰眼的男人撇了撇嘴，哄小孩似地攬住了Bonnie的肩：「那邊辛苦練舞、為了成果發表會的高中生，他們沒有找到自己？」

Bonnie長眉斜挑：「沒有，他們根本還沒開始探索自己。」

黑髮灰眼的男人與她一起轉了個身：「那裡擺攤幾十年、賣烤香腸的友善阿伯，他沒有找到自己？」

Bonnie搖頭：「他也許根本不清楚自己能有多大的潛力與成就。」

黑髮灰眼的男人垂眼望著她：「那麼，妳跟我呢？我們也是台北人，我們沒有找到自己嗎？」

Bonnie嘆了口氣：「我們又不一樣！我們曾經在台灣以外的地方待了那麼久，我們還能算台北人嗎？」

黑髮灰眼的男人不再說話。他們靜靜散步到捷運站口，男人這才放開了她，隨意地為這段對話做出總結：「也許不是沒有找到自己，而是害怕去做自己罷了。」

Bonnie挑了挑眉：「有什麼好害怕的，無聊！」Bonnie是尖酸而高傲的，這是她骨子裡的血液，哪怕後來變得成熟、收斂之後，這一點也仍舊會在最親近的人面前顯露出來。此時此刻的她，尚未學懂包容與大愛，她站在中正紀念堂站門口，眼神掃過身旁擦肩而過的路人，不經思索便說道：「台北的男生就是太弱了。」

黑髮灰眼的男人雙手一攤，笑了起來，認為這是幼稚之人說出的幼稚話語，他決定要好好表明自己的立場，於是從錢包裡掏出悠遊卡，告訴Bonnie：「台北的男生，接下來會問妳要不要吃飯？而且會配合妳想吃的餐廳。吃完飯之後，他們會擔憂妳的安全，想要送妳回家。但是，我不是台北的男生，所以我現在要回去睡覺了。」

Bonnie沒料到對方會這麼說，有些不快地皺起眉頭，嘴上卻不肯展露出失望：「喔，晚安。」

Bonnie是我的好姊妹，剛剛這段小插曲，是她人生中一段不鹹不淡的回憶。

當時她約莫19歲，確實很想跟黑髮灰眼的男人談一場戀愛，但他終究不是適合Bonnie的對象。Bonnie在很久以後的未來，終於體認到一件事——那些被她形容為「無聊」又「太弱」的台北男生，才是最適合她的男人，因為他們是溫柔、包容且隨和的。

＊＊＊

時間拉回五年後的現在，我跟Bonnie坐在台北京站樓上吃壽喜燒，雖然沒有日本道地的壽喜燒好吃，但我們還是喜歡這家可愛的店。

Bonnie唏哩呼嚕地吃著被湯汁染褐的蒟蒻絲，邊說道：「去了趟埃及，也不知道是古老靈氣的影響，還是赤裸現實的震撼，我居然覺得台北的一切都是美的。」

「哈，」我揶揄地說：「這個不偉大的台北？」

「少囉嗦，」Bonnie口氣兇巴巴起來，反駁我的同時也是在反駁著曾經口出狂言的自己：「不偉大又怎樣？曾經偉大的文明，終有一日也要殞落。當我們坐在冷氣房裡、大啖壽喜燒的同時，有人在飛沙走石的沙漠裡，帶著蒼蠅向遊客推銷一美元的紡織品。」

「文青少女有感而發喔？」我把涮好的兩塊肉夾起來，一塊放到她碗裡，一塊放到我碗裡。

「台北這城市，好像被浸泡在一種小確幸裡，」Bonnie繼續說：「**我們想要那些被世俗認可的幸福與成就——那些別人也有的幸福與成就，我們害怕特立獨行。**」

我說：「其實台北還是很包容的，在台北特立獨行也不會怎樣，頂多被指指點點而已。」

「是啊，指指點點，是我們唯一對特立獨行的人展現的憤世嫉俗。」Bonnie聳了聳肩：「不成熟的時候，大家總是對不熟悉的人事物、不如預期的世界感到滿腔憤慨。直到認真生活過後才發現，其實大家都不容易，**每個努力活著的人都是可愛的。**」

我瞅著她，笑道：「那妳現在還是認為，沒人會到台北來墜入情網嗎？」

Bonnie想了一想：「我還是覺得台北不是拿來墜入情網的。」她說，「台北少了那種波瀾壯闊的浪漫、撩撥人心的刺激，像洛杉磯、紐約、巴黎、東京這種會讓人想要墜入情網的城市，基本上每天都在變化，讓人覺得什麼怪事都可能發生。台北不是這種類型，台北是適合生活的那種城市。」

我說：「但戀愛是生活的一部分。」

Bonnie嘆了口氣說：「對某些人來說，是的。」

Chapter 2

戀愛市場上的
妖魔鬼怪圖鑑

每個地方，只要有人，就有戀愛市場。

只要有戀愛市場，就有妖魔鬼怪。

說白一點，就是那句至理名言——樹大必有枯枝，人多必有白癡。

每個地方的妖魔鬼怪，都有一點點不一樣，比如上海、洛杉磯就有特別多的虛榮鬼、炫富怪。

其實，也不是「妖魔鬼怪」都天理不容、人人得而誅之，很多時候，這些妖魔鬼怪才是這世界美好有趣的地方。你想想，甯采臣遇上聶小倩譜出轟烈戀曲，歷史同人文大鼻祖《封神榜》能如此引人入勝，都要拜這些妖魔鬼怪所賜！

我們都曾是妖魔鬼怪的一員，也有可能，我們現在仍是妖魔鬼怪而不自知。

說穿了，「妖魔鬼怪」不是人的敵人呀！妖魔鬼怪是人性的一部分延伸，是放大了的部分盲點。

台北戀愛市場上，確實也有幾種比較常見的妖魔鬼怪。

在Bonnie遇見她的「台北完美男友」之前，大概２０１９年盛夏的時候，我們曾經集體「撞邪」過一陣子。

在感情裡，大家都「撞過邪」——也就是不知道怎麼搞的，明明智商沒下降，眼睛也沒瞎，卻腦袋短路，選擇一些事後想想根本沒道理的對象，做出一堆匪夷所思的事情，還有可能鬧出一系列爛攤子。

2019年盛夏，我估計大概是行星的影響，大家都有點起笑。事情是這樣的……

Bonnie遇見了「黏牙怪」Kent，我們的另一個好姊妹Mady搞上了「渾沌妖」趙含。趙含的前女友，則是個「噬人魔」（不是食人魔，大家先別緊張）。

——黏牙怪——

先從「黏牙怪」開始說起吧。

關於「黏牙怪」這個屬性，很有趣的一個現象是——每次我們跟其他新朋友說起「黏牙怪」的故事，這些新朋友裡面，十個有九個會點頭如搗蒜，心有戚戚焉地表示：「OMG！黏牙真的『是在哈囉』?!」

「黏牙怪」大概是台北戀愛市場中的固定班底，只要是在台北談過戀愛的人，都曾經遇到幾個「黏牙怪」。

其實，我跟Mady一致都這麼認為，Bonnie遇到的「黏牙怪」Kent滿可憐的。撇開Kent本人的其他部分先不談，就「黏牙怪」這個屬性來說，本身就很可憐。

會「黏牙」的情人，都很想不開。當一段感情結束時，他們無比糾結，提得起放不下，把自己搞得痛苦萬分、鑽牛角尖、心態炸裂。

Bonnie遇到的這位「黏牙怪」Kent，相貌普普通通、正正常常，不是Bonnie一向喜歡的那種斯文浪子類型，生活圈也普普通通、正正常常，不是Bonnie一向憧憬的那種「能帶她進入更寬廣的世界」的類型。

Kent這個人唯一不太普通、不太正常的地方，大概就是而立之年還母胎單身了。這位30出頭的男人，事業小有成就、談吐風趣幽默、性格溫和認真，實在算是「適合一起過日子」的對象。

很可惜，Bonnie當時一點也不想跟誰「一起過日子」，她想要非日常的、讓人興奮的、有趣的戀愛。

Bonnie和Kent是在某一場商務聚會上認識的，那天Mady也在，目睹了整個過程。事情的經過很簡單——Kent看上Bonnie，主動去找Bonnie攀談，兩人互換聯繫方式。

然後，Kent開始熱烈追求。

顯然，Kent並不是Bonnie的菜，如果大家沒有「撞邪」，Bonnie肯定會維持距離，禮貌拒絕。

但是，那一陣子，Bonnie剛剛被迫搬家，工作上又忙得暈頭轉向，再加上Mady偏偏挑在這個時候脫單交男友（雖然也是個妖魔鬼怪），Bonnie的一顆心就這樣逐漸空虛了起來。

很多時候感情就是這樣發生的，湊巧在你最脆弱的時候，來了一個可以撫慰填補你內心脆弱的人。天時地利人和，於是，你把因脆弱而油然升起的感動當成了愛情，最終才發現那只是一場天大的誤會。

Kent第一次告白，Bonnie拒絕了，她告訴Kent：「我們不適合。」而她沒有說出口的真心話是：「如果我跟你在一起，一兩個月後，我們就會分手，而你會痛不欲生。」

我一直都認為，戀愛要找旗鼓相當的對手，倒不是說門當戶對什麼的，而是至少情商要在互相匹配的等級。

意思就是，你們要聽得懂彼此的暗示，要看得懂彼此的小動作。有句話說：「聽人發言不要聽他說了什麼，要聽他沒說什麼。」就是這個道理。情商互相匹配，代表你們不僅聽得懂對方說什麼，也猜得到對方「沒說什麼」。

Kent跟Bonnie情商不匹配，所以他猜不到Bonnie沒說什麼。絕大部分的狀況裡，「黏牙怪」都是那個猜不到的人，又或者他們猜到了，但是拒絕相信，因為他們喜歡鑽牛角尖。

Kent第一次告白被拒絕後，又過了半個月。

在這半個月間，Kent依然邀約，Bonnie依然赴約；Kent依舊示好，Bonnie依舊接受。

因此，我不能說Bonnie在這件事裡完全沒錯，那樣對Kent就太不公平了。

總之，半個月後，Kent再度告白，Bonnie妥協答應。

根據她當時的說法：「我想說……是不是應該給愛我的人一個機會。」在感情裡，聽到有人說出這種「給誰一個機會」的說詞，千萬別相信！

他會這樣說，就代表他其實並不想給你機會，但又覺得不太清楚自己想要什麼，才會想跟你「試用」看看。

很多人心中總是懷抱著對愛情的憧憬，但壓根就沒考慮過現實層面的問題。於是當現實跟憧憬不符，他就迷惘了。

Bonnie對男友的憧憬，是迷人有趣的魅力男士，但現實是她被生活壓得疲倦又寂寞，誤把感動當成了心動。

而Kent憧憬的是自信迷人的魅力姑娘，但現實是他壓根就沒考慮過自己hold不hold得住這種女生。

Kent沒交過女友，不會製造愛的火花與情趣。他不曾跟女孩子真正親密相處過，所以也沒法做到真的包容Bonnie那些比較嬌氣的興趣（雖然他嘴上會說可以）。

他希望Bonnie成為和他一起共度柴米油鹽醬醋茶的情人，也許最終會開花結果，但Bonnie只想找人一起奔向高山和大海。

就如Bonnie沒說出口的那句預言，一個半月後，在一個Kent指責Bonnie和普通男性好友出門吃飯的下午，Bonnie終於受夠了，向Kent提出了分手。

兩人聊了很久，Bonnie把該說的都說了，也不知Kent能不能聽懂。

事實證明，Kent沒能聽懂。

他們貌似風平浪靜地分手了，Bonnie度過兩周安逸的生活，Kent看上去挺正常的，日子照過、飯照吃。兩周後，分手的第一階段「拒絕接受期」結束，Kent開始了第二階段「挽回期」。

他開始在喝醉酒的凌晨三點傳訊息給Bonnie。

「Bonnie真的是一個很可愛的名字……」

「我一定會成為更好的人……」

「剛剛經過台北車站機捷走廊，想到那一天送妳去機場……」

Mady看到這些訊息，笑得很開心，她覺得很娛樂，但Bonnie覺得很困擾。

最後，Bonnie給Kent回了一封委婉的訊息，請他不要再傳了。

於是，Kent換了另一個做法，他用ＩＧ在深夜發一些只有文字的傷感限動。

「真羨慕那些提得起放得下的人呢……」

「沒有利用價值了，被丟掉也是剛好而已……」

「點開聊天紀錄，被回憶炸得血肉模糊，我真的很想念那些日子……」Kent的傷感限動連續發了整整四個月，Mady笑了整整四個月，Bonnie則從無奈慢慢變成無言。

四個月後，Kent打給Bonnie想要約見面，Bonnie拒絕了。在電話裡，Kent問她：「妳有後悔過分開這個決定嗎？」

Bonnie說：「沒有。」

Kent生氣了，他開始責怪Bonnie：「如果妳當初就知道不適合，幹嘛要來接近我！」

Bonnie傻眼：「別逗了哥，是你來接近我的吧？」

Kent說：「那妳可以冷淡回應啊，可以不理我啊！」

這通毫無建設性的電話，持續了十分鐘之久，到最後Bonnie也累了，她雙手一攤：「OK，那你就認為我是個壞女人，一輩子不諒解我的活下去吧。」

Kent一愣，卻又認為Bonnie這個說法太過違背良心：「……我從來沒有覺得妳是壞女人。」

最終，他們沒有討論出一個結果。

Kent在所有社交網站上，刪除跟Bonnie的好友關係，決定跟Bonnie老死不相往來。

在一段感情結束時，「黏牙怪」總是這樣，拖泥帶水、磨磨蹭蹭、心不甘情不願。

明明對方已經表示無可挽回，「黏牙怪」卻始終不肯放棄已逝的愛情。

「黏牙」的心情誰沒嘗過呢？年少輕狂、剛談戀愛的時候，隨便牽個手都覺得是一生一世，誰知學生時代還沒過完，就體驗到了分手，於是隨便一首情歌都覺得是世界末日。

黏著愛人的牙，是因為太想擁有對方。這種占有慾很可怕，它讓我們忘記了愛的本質。

愛，是用「對方喜歡的方式」對待對方，也是用「不苛待自己的方式」疼愛自己。

——渾沌妖&噬人魔——

Mady這個人很簡單，愛情對她來說是一場投資，有賺才談，絕不虧本。

然而「渾沌妖」趙含，最終可真是讓Mady大虧一場。

到底怎樣的人可以被稱為「渾沌妖」？

是這樣的——生活處於一個渾沌狀態的人，無法獨立處理生命中的難題，無法客觀地看清問題的癥結點。這些人做決定不靠理智，只靠直覺跟感情，就像一個漩渦，把自己跟周遭親近的人都捲進去。你不知道他已經渾沌了多久，也不知道他到底他×的還要渾沌多久。

Mady遇到的這位「渾沌妖」趙含，是一名表演工作者，從十幾歲的學生時代開始，就跟著劇團或比賽跑遍全球。他跟Mady因為一個新聞採訪而認識，然後就天雷勾動地火。

趙含在生活沒有遭逢困難時，都是一個很會講話、很貼心、很可愛的男生，把Mady撩得不要不要的。

但是，一旦他在生活上遇到問題，不管大的還是小的問題，他就會瞬間露出原形，變成一個性格軟弱、優柔寡斷的懦弱鬼。

事業上，他無法妥善處理自己和經紀公司的矛盾，被不專業的三流經紀人處處壓榨。

在職涯規劃上，他無法有條理地制定優先順序，也無能捍衛自己的權利，不懂談判，結果被迫一而再、再而三地接下一些完全不想做的工作。

如果說Bonnie遇到的「黏牙怪」Kent是個適合過日子的人，那「渾沌妖」就是不適合過日子的人。「渾沌妖」這個屬性，就是注定把你的生活變得一團糟。

趙含挺慘的，事業看上去光鮮亮麗，其實內裡一塌糊塗，經紀公司在他每一份薪水與收入上狠狠剝皮，都說愛情事業兩得意，他是愛情事業兩失意，因為他攤上了一個很有事的前女友。事業這件事，與Mady的幸福沒什麼直接的關係，但愛情這件事，就跟Mady的幸福有很大關係了。

Mady會發現前女友的存在，是因為這女的在網路上發訊息指控Mady「搶她男人」。

Mady看到之後，截圖發給趙含，趙含表示兩人在認識Mady前就已分手，曾經交往四年，後來因為工作關係聚少離多、漸行漸遠，最終在沒有共同話題的情況下和平分手。

但誰知道，這女的在發現趙含另結新歡（也就是Mady）之後，突然就像中邪一樣，開始一哭二鬧三上吊，不僅數度揚言自殺，威脅趙含「自己要帶著兩人養的狗到山上消失」，還到醫院診斷出憂鬱症傾向。

她打電話給趙含，也打給趙含所有朋友，哭著希望趙含再給她一次機會，表示自己失去了趙含就會活不下去。

這位前女友小姐，就是戀愛圖鑑上的另一種妖魔鬼怪——「噬人魔」。

「噬人魔」有很多種，在這個「不教小孩如何面對失敗及慾望」的亞洲社會，「噬人魔」屬性在各類男女身上層出不窮。

「噬人魔」——噬人骨血、毀人能量，無法擁抱失敗、無法調和慾望，最終出現各類的偏激行為，將自己與別人都逼到了走投無路。

當一個「噬人魔」屬性的年輕人，遇上了「渾沌妖」屬性的另一半，事情就變得更加火上加油。

面對這個「噬人魔」前女友，「渾沌妖」趙含心裡其實是知道自己該做什麼的，但他的情緒與懦弱個性偏偏讓他成為了豬隊友。

前女友一哭二鬧三上吊，趙含安撫Mady：「我就是妳的男朋友，妳別擔心，我會把前女友處理好」，可事實上，他完全無能處理。他無法冷靜看待前女友的威逼耍賴，也做不到封鎖前女友，他的心在動搖，他不知道自己該怎麼辦。

Mady是個聰明人，趙含這「渾沌妖」的屬性，她雖然嘴上不挑明，但心裡也是明白的。

Mady因為趙含而變得不安樂；在趙含無能地搖擺在兩個女人之間的那段時間，Mady總是被沒來由的焦慮給包圍，成宿的睡不好覺。

Mady並不是一個心志軟弱的人。但是，人的狀態真的跟周圍對象的能量場息息相關。

「渾沌妖」跟「噬人魔」，都是那種會耗費你心神、給你帶來麻煩，慢慢把你的生活變得充滿負能量的人。

偏偏Mady還一次遇到兩個。

很多時候都是這樣的——本來冷靜的人，跟大驚小怪的對象相處久了，也漸漸變得一驚一乍。就如同《流浪者之歌》裡的悉達塔，在喧囂的塵世裡待上十年，逐漸忘記如何思考，變得貪婪和膚淺。

Mady在遇到趙含跟他前女友之後，慢慢變得焦慮浮躁、專注力下降。

所幸，Mady是個懂得及時停損的人。

在這段荒謬風波的尾聲，趙含表示自己做出了決定，他告訴Mady，他要來好好處理這件事，因此他必須得去前女友的租屋處一趟，把留在那裡的東西搬出來，減少兩人之間再有交集的機會。

聽上去合情合理，但Mady也知道，趙含是個「渾沌妖」，他跟前女友面對面，一定會爆炸。

我跟Bonnie當時各押一百塊錢，賭趙含去完前女友家之後，事態絕對會更加不可收拾。Bonnie不希望看到Mady難過，所以她賭趙含可以好好地把事情解決，結果害她輸了一百塊。

那個下午，趙含結束了前女友租屋處之行，跪在Mady跟前，萬般痛苦地告訴Mady：「我覺得……我應該再給她機會，我不知道該怎麼辦……」

見。」

（Bonnie把一百塊摔在桌上，站起來大喊：「我現在就去殺了他！」）

Mady連聽都不想聽他講完，直截了當地說：「ＯＫ，我們當沒認識過，再見。」

趙含不願就這樣結束：「妳聽我說好不好……我也不知道該怎麼辦，我喜歡妳，想跟妳在一起。但我覺得我對不起她，我好像應該再給她機會……」

Mady雙手一攤：「ＯＫ，你再給她機會，那你有想過，之後會怎麼發展嗎？你們的問題依舊存在，你跟她復合之後，你們工作的關係還是聚少離多，你對她還是再無火花、沒有共同興趣。復合之後，她也只會比現在更痛苦更焦慮。」

趙含說：「我都知道……但是，我就是覺得我對不起她。」

Mady不理會他的鬼打牆，繼續說下去：「何況，按照她的個性，她不可能不介意我們之間的這一段，她會變本加厲，更沒有安全感，更加摧毀你的生活。你們年紀也不小了，再一起蹉跎兩年嗎？最後大家又再重演一遍，再分手嗎？還是勉強結婚嗎？」

趙含說：「我都有想過……可是我覺得我好像沒辦法做決定……」

Mady說：「你還愛她嗎？」

趙含說：「我覺得是不愛了。跟她在一起我不快樂，跟妳在一起我很快樂，但我對不起她。我現在也很對不起妳，我不知道該怎麼辦……」

Mady沒好氣地說：「你到底是哪裡對不起她？你是害她墮胎了？還是要她幫你作保人還債了？」

趙含跪在Mady家的地板上，看上去就快要哭出來了：「我都沒有，但我真的覺得我對不起她……」

Mady說：「去死吧！」

於是，趙含跟前女友復合了。後來我們瞞著Mady跟趙含吃了一次飯，因為我們真的太想搞懂他的邏輯了。結果，邏輯沒搞懂，倒是聽說復合之後，前女友整天疑神疑鬼，總想偷看趙含的手機，整天陰陽怪氣、戰戰兢兢，生怕趙含再次離開她。

我們問趙含打算怎麼修復這段感情，他說：「我不知道。我做不到的事情，我真的無法勉強……」

我跟Bonnie很傻眼，不知道這兩人復合到底有什麼意義，也許只是為了讓前女友不帶著兩人養的狗到山上消失吧。

2020年的現在，趙含的職涯生活依舊沒有起色，依舊被經紀公司壓榨，依舊跟那個毫無愛情火花的女友，過著聚少離多、形同陌路的生活。

還好，當初Mady果斷離開，而不是選擇守候或等待。

真的！請珍惜生命，遠離「渾沌妖」以及「噬人魔」。

——空心鬼——

如果戀愛圖鑑裡有一種愛人叫做「空心鬼」，那說的大概就是她。

她其實不是一個很差的人，外貌秀氣可愛、工作自給自足，但是從學生時代，她就一直沒有自信。沒有人知道她自卑的根源來自哪裡，而她也總是不願多談。

她很渴望有一個人好好愛她，但每當和「自己覺得不錯的對象」交往時，心中的不自信、不安全感就像火災時的警報器一樣，震天價響、讓人無法忽視。

她不知道她到底是怎麼了。

當周遭的朋友、同事稱讚她的男友很棒、很帥、很會照顧人的時候，聽在她的耳裡，卻變成了「我是不是配不上他」、「他很會照顧人是不是因為我太麻煩」、「果然是我太依賴對方了吧」？

別的女孩在面對稱讚時，總是可以坦然接受，甚至是用風流、逗人發笑的態度表示：「我知道我很棒！」她也好想像那些女孩一樣，她想把腦海裡那吵嚷地讓人神經衰弱的火災警報器關掉，但她沒有辦法。

面對他人的時候，她把自己七零八落的內心世界藏得很深。談笑風生、故作輕鬆，他們都不知道她腦裡的風暴，他們也不必要知道，雖然她偷偷地盼望著……有一天某個人會發現這一切，然後將她拯救出來。

不過，果然是不可能的吧。

歷任以來，所有的男友，剛跟她在一起的時候總是百般呵護、又疼愛又體貼，最後卻劈腿的劈腿、翻臉的翻臉，只給她一場不留情面的分手。

其實，問題的根源，她是明白的。她把腦內的警報器，用行為、用言語給釋放出來，然後那些人受不了這種整天嗡嗚的高壓吵雜，崩潰地想逃離她。

曾經有一任男友，因為從事美髮服務業的關係，生活上必須得接觸很多異性。客觀來說，她可以掛一百二十個保證，擔保那男生不會做出任何對不起伴侶的事情。那個男生又貼心、又專情、又斯文秀氣有禮貌，所有的朋友都很稱讚他。

然而，最後他還是被她逼走了。

客觀來說，她知道沒什麼好擔心的。但主觀與感性層面，她好怕好怕、怕到她幾乎就要認定對方一定會出軌。於是她照三餐查勤、對他所有的女性客戶保持敵意、甚至不許他跟店內的女助理有工作以外的談話。她打去的電話，如果對方沒有接到、五分鐘以內不回電，她就會開始焦慮，腦內風暴、浮想連篇。而也許在兩小時之後，對方忙到一個段落、看到訊息匆忙回撥時，她總會忍不住用生氣、指責、痛苦的語氣，將自己的不安全感全數釋放到對方身上。

她的心是空的，所以任何外界的摩擦、撞擊，都將在她的心裡發生劇烈而大聲的嗡嗚迴響。

有沒有什麼東西，能來把心填滿呢？如果變成一個實心——內心充實——的人，也許這些警報器、嗡嗚、不安全感、不自信，都將消弭許多，她才有辦法好好去愛那些她想愛的人，那些實心的人。

Chapter 3

在台北單身是一種什麼樣的體驗

冬日的某個凌晨，有個女孩坐在「英雄塚」餐廳裡，靜寂如林的環境給人一種空曠感，於是她在嘴裡塞滿佳餚的同時，眼淚也就這麼落了下來。

有一些人，耗費整個青春，期待像《慾望城市》一般的壯闊單身之旅；另一些人，則像《單身啪啪啪》裡的愛麗絲一樣，嘗到單身的滋味後徬徨無助、淚如雨下。

2016年到2017年，我在洛杉磯過著單身的日子。

2018年，我在台北過著單身的日子。

其實，在北美單身，可比在台北單身要辛苦得多。

當然，單身的辛苦大抵是一樣的——身心靈的寂寞、心事與情感無處分享，還有其他諸如一個人出遊沒人幫忙拍照、獨自用餐吃不完、一人逛大賣場又「負重」又落寞……等。

台北的人口密度是很高的，大眾運輸工具也十分發達，再加上人情味挺濃厚，著實沖淡了不少單身的哀愁。

假設一個這樣的狀況：一個單身的人，要從城市的A點到市中心去辦事，夜已深，他得快去快回，因為第二天還要上班。

在台北，他大概會騎機車或者搭捷運去，城市面積小，到哪裡都比較快。而

「夜深」這件事情，在治安好的台北是完全不構成困擾的。於是，這個單身的人到了市中心，辦完了事，突然覺得有點餓，他去旁邊的便利商店買了個御飯糰，在乾淨明亮的座位區迅速啃完，騎車或搭捷運回到家裡，也許是他租的小套房，也許跟家人住。

忙完一天，終於回到家，他突然覺得有點寂寞、有點累。但是，剛剛去辦事的整個過程，並未耗時太久，所以也沒有真的那麼累，他想起明天還得去買菜……「算了，叫家樂福外送吧。」他這麼想，然後洗澡睡覺。

而在洛杉磯或其他北美城市呢？這個單身的人，大概會開車去市中心辦事（如果他在紐約，可能會搭地鐵，紐約地鐵的狀況全世界都知道，就不多說了），雖然夜已深，但通往市中心的高速公路依舊塞車，這個單身的人一邊聽著廣播或音樂，一邊咒罵這該死的交通。

好不容易，到了市中心，光找車位又花了半小時。夜深了，真的很危險，隨時有可能被奇怪的人衝出來持刀搶劫，當然也可能一路平安啦，除了小心以外也只能聽天由命。

終於，他辦完了事，覺得有點餓，但市中心的餐廳消費高，這個時間點一個人單點太不划算了，便宜的快餐店卻又是龍蛇雜處的氣氛，猶豫再三，他決定忍著飢餓，開車回家，打算到家附近的Drive-Thru買個麥當勞漢堡。

一來一回，花了快要兩個半小時的時間在路上，回到黑漆漆的家裡，突然想起明天還得去買菜，「重死了，真麻煩！」他這麼想，寂寞感鋪天蓋地而來，但也沒辦法，只能先去洗澡上床。

「但是，在北美交朋友，比在亞洲交朋友容易多了。」Bonnie這麼說。

「也是啦，亞洲人比較保守害羞。」我說：「也許這就是為什麼我們在台北沒辦法來一場《慾望城市》般轟轟烈烈單身故事的原因。」

「啊？我不覺得啊。」Mady說。

Mady大概是我見過單身生活過得最有聲有色的人了。

「**有些人單身，是被迫單身；另一些人單身，是選擇單身。**」

這句話是Mady的名言。不知道為什麼，她說這句話的時候，總讓我想起日本夜王Roland那句：「這世界上只有兩種男人，我，和我以外的。」

選擇單身的人，一般都活得比較精采，比如Mady以及她身邊一眾單身的男男女女，風流但不下流、瀟灑卻不囂張。

在這個城市，單身單得有聲有色的人，也分不同種類。

第一種，遊樂人間的人。他們玩轉台北各種地方，酒吧、桌遊店、密室逃脫、夜店、音樂節，只要有他們在，總是能夠呼朋引伴一堆人，而他們身邊的異性「夥伴」總是一個接一個換。他們知道該怎麼在單身的過程中，用曖昧來享受戀愛的快感，有時候這些曖昧會害他們被叫渣女或渣男，有時候則是遇到各取所需的夥伴。

這些人知道KTV夜唱完該去哪個秘密基地吃消夜，也知道認識了新的曖昧對象後該帶去哪個酒館聊一整夜，他們恰如其分的單身著，嘗遍人間任何可供一嘗的美味。

第二種，耕耘人生的人。他們醉心於事業、個人提升、健康愉悅的生活……等各種目標。對他們來說，朋友在精不在多，有幾個固定的班底能夠一起出席各類活動、從事各種運動、分享日常的見解與觀點，就已足夠。他們對於自己人生的掌控，充分而又滿足，有辦法將自己的不安全感降至極低。在他們心裡，日子要過得好，自己一個人就可以辦到，戀人只是人生的玩伴，想要找人相伴一生的時候，就從追求者裡挑一個，或者看上哪一個去追回來就是了，不著急也用不著著急。

Mady和趙含分手之後，處於正從第一種過渡到第二種的階段。

那麼，被迫單身的人呢？

被迫單身的人，當然也分幾種。

一、佛系單身的人。想談戀愛但一直遇不到喜歡的（或者遇到過卻無疾而終），即便感到孤單寂寞，卻懂得用其他興趣愛好、交際活動來調節這些感受，隨遇而安，不強求也不想強求，緣分到了愛情自然來。

二、狼系單身的人。想談戀愛，也一直遇到喜歡的對象，但遇到了通常追不到或不了了之，孤獨與寂寞在心中震耳欲聾，渴望得到一個伴侶，能夠填補、滿足自己的內心。安全感在這樣的過程中漸漸降低，不安及焦躁蠢蠢欲動。

三、剛好單身的人。剛分手、剛被分手，對這些人來說，「單身」不是「沒在談戀愛」，而是「在往談戀愛的路上」，他的下一段戀情馬上就會來了，大家不用替他操心。

還有一類人，**是被寂寞吞噬的人**，他們也許單身、也許非單身，但寂寞及慾望用最原始的方法啃噬著他們。至於這樣的啃噬，是愉快或者糾結複雜，就只有他們自己知道了。

在網路幽暗的一角，那些充滿深夜話題的聊天室裡，這些人正開著無形的派對，那也許是這城市最露骨的角落，比夜店還要更粗暴直接。

比起也是網路交友的交友軟體APP，在APP上，整體環境相對冷靜一點，畢竟是一對一、看得到照片的互動模式，不比躲在萬千個煽情ID後面，可以隨便說出不著邊際的胡言亂語還不必受到撻伐。

台北挺小的，當兩個寂寞的人對彼此說出「約嗎？」之後，就連住在遙遠的兩端都可以相約兩小時後在某個中間點相會。

這就是台北單身的人們的故事。

或笑或哭、或佛系或寂寞，或樸實無華或聲色犬馬，但他們都努力活著。

那個坐在「英雄塚」裡哭泣的女孩，擦乾眼淚起身結帳，男店員終於還是鼓起勇氣，小聲地問她：「妳還好嗎？」

女孩抬起略紅腫的雙眼，雙唇微張，準備說出她的故事。

她的故事是哪一種呢？

你的故事，又是哪一種呢？

Chapter 4

有一種女生，每天在喊「好男人都死光了」！

如果做個統計，每個週五晚上，全台北的姊妹聚會，出現「好男人都死光了」這句話的次數，恐怕結果會震驚許多人。

好男人沒死光，只是妳找錯地方。

週五晚上，我和Mady、Bonnie坐在西門町某間特色酒吧店中心的位置，開始探討這個問題。

隔壁桌的濃妝辣妹拿起她的Tequilla Shot一飲而盡，說她今晚非得找到一個帥哥不可。

我和Mady環顧四周，相視無奈，感嘆她今晚恐怕是要敗興而歸了。

「這類女生，我們就姑且稱她為『死光系』的女生吧。」Mady說。

「蛤？什麼『死光系』？」Bonnie放下她的手機，沒頭沒腦地問道，顯然未進入狀況。她最近新認識了一個男人，是個很有趣的渣男，我跟Mady也從旁進行社會觀察。不過這都是題外話。

「會喊『好男人都死光了』的女生，」Mady不耐地解釋：「簡稱『死光系』？明白。」

「喔喔喔。」Bonnie說，繼續埋頭跟她的渣男傳訊息。

「『死光系』怎樣？」我接口，Bonnie是個我行我素的女生，她想幹嘛的時候就要幹嘛，如果周遭有其他人或其他事務，她只會維持最基本的禮貌，比如說每隔三分鐘加入一下對話，拋出一點無關緊要但顯示自己有在聽的問題。

「『死光系』一共有三種類型。」Mady豎起三根指頭，認真地闡述道。

以下是Mady的理論。

第一種「死光系」類型的女生：掉價傻妹。

如果你身邊有個女生，條件不差，然而她就是一直被不值得的爛男人辜負，為了一些沒道理的臭男人傷心難過，還任勞任怨、願打願挨……沒錯，估計就是掉價傻妹。

比如我們有個朋友，叫做Lucy，要腿有腿、要胸有胸、要顏有顏，重點是要腦也有腦！

但是，她一直以來的男友，都是一些軟爛仔，要嘛管東管西、情緒勒索，要嘛錙銖必較、毫不體貼。

甚至還在聖誕節的晚上，因為Lucy埋怨了幾句：「原本說會回來陪我過節，結果臨時又跟朋友出去」之後，男方直接惱羞成怒，叫Lucy收拾行李滾回自己的爸媽家。

從那之後開始，Lucy就開啟了死光系模式，每次見到她，聊到感情話題，她都要心灰意冷地丟出一句：「反正好男人都死光了。」

我們其實偷偷覺得她的問題跟好男人死不死光，完全沒有關係。她的問題是太容易被爛男人追到手，好男人不管存不存在，她都還是會被爛男人追，也還是會被爛男人追到，所以今天好男人就算生生滅滅、輪迴百轉，也還是不關她的什麼事。

掉價傻妹，多半人都挺好的，是很替人著想，特別懂事的那種姑娘。她們全身散發出溫暖親切的氣場，讓人一眼就感覺得到她們很好說話、很樂於助人、不太會拒絕別人的要求……換句話說，就是很好搞定。

當然，我並不想讓大家認為我好像在汙名化這些美好珍貴的特質，我也不是在告訴你們：「要當個自私自利的人才不會受傷！」

雖然，對於掉價傻妹來說，最好的方法就是自私自利一點。

不要人家對妳三分好，妳卻當成了十分，然後付出二十分的真心，最後被傷害得一敗塗地。

妳會覺得身邊沒有好男人，是因為妳老是跟爛男人搞在一起，根本沒給好男人的登場留下舞台。就像一直泡在菜市場裡，又一直抱怨買不到LV一樣，那個圈子就沒賣LV啊！

所以，撿起被妳丟到地上的「自身價值」，好好擦一擦它。認真去設定，要贏得妳芳心的「必備門檻」，不要爛男人隨便給妳買點東西、說幾句好話，妳生病的時候發幾個慰問語音，就淚如雨下，以身相許。

想遇到好男人，首先妳得打從心底相信——老娘，只配好男人。

第二種「死光系」類型的女生：心比天高。

看過《紅樓夢》嗎？賈寶玉的丫頭晴雯，就是「心比天高」這句話的開山鼻祖。

心比天高的姑娘，也許有點姿色，也許有點手腕，她們就是打從心底相信

「老娘只配好男人」的女生們。

她們身邊的男人未必不好，有些甚至可以說是滿優質的了，然而她們永遠覺得不夠！

這個溫柔體貼的不夠有錢，那個有錢又疼人的不夠帥、不夠有吸引力，顏值高的那個個性幼稚又無聊……

心比天高，沒有不好，然而比天還高，那可就是無人之境，只剩外星生命了。外星生命能給妳發現的，這一生有幾個啊？妳在戀愛市場上，又有達到霍金、愛因斯坦、伊隆·馬斯克那個等級嗎？

「唉，我覺得我就有點這種類型。」Mady說。

「自信一點的女生，可能多少都會覺得自己有點這種傾向。」我就事論事地說。

「心比天高，肉體還在塵世嘛！」Bonnie從手機螢幕後面抬起頭：「選個肉體相伴塵世歡愉的不就得了。」

聽聽這個語氣，她是打算跟手機那頭的渣男「肉體相伴塵世歡愉」了？

算了，我跟Mady等著看戲吧。

「心都能飛得比天高，肉體要找人相伴又有什麼難的？」Mady說：「不就是心靈孤寂罷了。」

心比天高，最怕的就是高處不勝寒。

有時候，不是好男人都死光了，而是妳理想的那個好男人，根本沒存在過。

「那死光系的最後一種類型呢？」我問Mady。

「像妳我這種的囉。」她說。

「什麼鬼？哪種的？」

Mady哈哈大笑：「嘴炮girl。」

第三種「死光系」女生：嘴炮girl。

好男人到底死沒死光，這些女生其實也不是真的care。她們知道世界上的某個角落，有個好男兒。她們也知道世界上的另一個角落，有一窩爛男人橫行大街。

事實的真相怎樣不重要，她們只是想嘴一下這個社會，獲得一點短暫的歡愉。

就像男生說「人帥真好、人醜吃草」一樣，他們當中某些人甚至長得挺俊俏的，但就是想埋怨兩句，每天來點負能量。

「哈哈哈，我可沒說過『好男人都死光了』這種話。」我趕緊撇清。

「但妳說過『西門町的酒吧沒帥哥』啊！」Mady雙手一攤：「都是地圖炮，有什麼分別？」

「……」我一時無言以對。

「好女人不一定會遇到好男人。」Bonnie又從她的手機後面冒出頭來：「**有自信、有尊嚴的女生更容易遇到好男人並且成功牽手。**」

「當然，還得要好環境。」Mady說：「想要金融新貴，就得多跟銀行業接觸。想要天菜帥哥，就得有演藝圈模特圈的人脈。想要有錢小開，就得往留學圈裡社交。」

「嗯哼。」我認同：「除了『死光系』，還有另一種女生認為『遍地都是好男人』。」

這些女生，有自信、有尊嚴，懂得經營守護自己的社交圈以及「交友底限」

（即某類她不喜歡的麻煩人物，遇到時就堅決不與其深入往來），她們也懂得欣賞每個人身上優秀、迷人的地方，利人利己的就是這種女生。

Chapter 5

一個台北渣男的自白

Bonnie認識的那個渣男，叫做Steven。其實渣男也有分很多種，控制慾攻心計的啦、花心沒道德觀的啦、自私遊戲人間的啦……而Steven是那種又軟爛又花心又沒道德觀的。

不過，他長得挺帥，表面上也挺能裝，萬幸的是Bonnie沒陷下去，她只是覺得這個人很有趣，我們也覺得他很有趣。

Bonnie會認識Steven，起先是因為Stan，如果說婊子有分真婊跟綠茶婊，那Stan屬於真渣，而Steven是綠茶渣。

Stan老家在南部，從唸大學、研究所到出社會，都隻身在台北闖蕩，他在老家有個穩定的女友，交往七年，高三那年女方就一路死心塌地跟著他，兩人奔著結婚去，但這並不影響Stan在台北無限約炮嗨起來。

Stan是那種「一眼渣」，聽說他回老家後就是個截然不同的男人，然而我們從沒看過他的那一面，在台北的時候，他是那種會輕浮地跟女生打鬧的男人，並且滿嘴放浪不羈地告訴炮友說：「我有女友，想認真的話別來找我」，然後又在別人質疑他的作風時雲淡風輕地回答一句：「隻身在外嘛，這樣很正常。」

沒有人知道他的正常是哪個次元的正常，可能是平行宇宙的冥王星吧。

Steven呢，做為Stan的好兄弟，則頂著一張斯文臉，屬於扮豬吃老虎的類型。

他一邊撩Bonnie的同時，一邊跟無數個妹妹私下曖昧聊天嗨起來，他確實防得周密又嚴實，但說真的，台北就這麼小，總有紙包不住火的那一天。這種夜路走多遇到鬼的案例，我們一路以來看得太多了，導致後來我們根本不敢幹什麼壞事，真的怕.jpg。

Steven跟Bonnie認識沒過三個月，Steven就出事了，再次印證了我們的理論。

那天，本來只是個風平浪靜的周末，我們這群人當中的一個好兄弟生日，在ＡＩ辦慶祝派對，包廂的位置很好，居高置中正對著ＤＪ台，但畢竟我們都是老妹了，根本懶得去舞池人擠人，於是當男生們冒著膽汁被擠出來的風險去貼妹的時候，我們就悠閒懶散的在包廂喝酒聊天滑手機。

喝著喝著，Mady忽然拐了拐我們：「欸！隔壁桌那個，不是Steven嗎？」

回頭一看，還真的是Steven，正跟一個低胸妹子俯首貼耳好不開心，那妹子的領口開得極低，大圓領毫無顧忌地越過赤道，除了北半球以外還有不少南半球也露在外面。Bonnie笑了起來：「果真是你們猜的那樣，你看他剛剛傳給我的訊息！他跟我說今天在家熬夜趕案子呢！」Bonnie給我們看她的手機，並不是特別在意，畢竟依我們「閱渣無數」的經驗，早就猜到Steven周遭肯定妹子一把抓，萬花叢中過、片葉都沾身。

我們繼續喝酒聊天，直到一個小時以後，隔壁桌傳來女生的怒吼，我們才重新把目光投向那裡，結果隔壁正在上演那種我們以為只有在爆料公社才會看到的抓姦劇情，一個穿著寬鬆毛衣與牛仔褲的女孩，正一巴掌搧在Steven臉上。

「在家趕案子？」那女生又氣又哭：「出軌一次，求我原諒，還不夠嗎？還要來第二次？」

「不是……」Steven央求道：「我不認識她，我跟她只是朋友……」

剛剛俯首貼耳的低胸妹子聞言就不悅了，站起來加入戰局：「我們上個月在阿偉的局遇到，你主動來認識我，加了我的聯絡方式，每天噓寒問暖，還叫我去你家煮菜給你吃，煮菜的時候還從後面摟著我說好幸福，現在你有臉說我們只是朋友？」

啪！正宮又是一巴掌搧在Steven臉上。

「我們出去講好不好……」Steven對著正宮，一臉的軟爛廢：「妳聽我解釋好不好……」

正宮哭得滿臉淚痕：「我不要再聽你解釋了，去年跟你復合，所有朋友都說我是白癡。我真的是白癡，居然相信你會改……不要再來找我了，認識你算我倒楣。」她吼出這句話之後，推了Steven一把，大約是推得很用力，Steven往後仰倒在椅子上，連帶撞倒了低胸妹子。

正宮穿越人群跑走了，Steven在椅子上坐起來，雙手揉著太陽穴，彷彿遇到了什麼天大的麻煩一樣。低胸妹子臉上則是大寫的迷茫，兩人都在盤算接下來該怎麼處理這局面。

Steven還沒決定好，低胸妹子倒是先做了決定，她挨到Steven身邊，用胸部貼著他的手臂：「你還好嗎？你怎麼從來沒跟我說過你有女朋友啦……」看來她是還想繼續跟Steven維持曖昧關係，或甚至是扶正。

「……是妳自己誤會的。」結果Steven居然這樣回答，然後推開低胸妹子站起來。

「欸，你要去哪？」低胸妹子也跟著站了起來，抓住Steven的衣角。

「妳先不要煩好不好？」Steven嘖了一聲，撥開低胸妹子的手。

啪！低胸妹子一巴掌搧在Steven臉上。

「妳打我？」Steven顯然有點生氣了，他朝低胸妹子上前一步，結果包廂裡面的兩三個男生瞬間站了起來，氣氛劍拔弩張，一副要幹架的模樣。

「哇賽！這麼嗨森？快點打他呀！打呀！」Mady在我旁邊小聲加油助興：「快點打他呀！打嘛！」

雖然我也很想看他們打起來，但Steven畢竟沒那麼不識相，又不是葉問，以一打三他也打不過，於是他一言不發地轉身離開現場。

Steven的故事是這樣的——

他的家庭健全、家境小康，但從小爸爸就忙於工作，儘管盯著他的課業、交友情況，卻從不過問人格和個性發展；媽媽是職業婦女，下了班後還要操持家事，把家人都照顧得很好，將Steven視為手掌心中的小王子，呵護得無微不至，生怕哪裡碰壞了一點。

高一的時候，他很喜歡班上一個女生，卻躊躇著不敢行動，最終她被別人追走，還落寞地告訴Steven：「如果你主動一點，可能我會跟你在一起吧。」

高三時，一個隔壁班的女生暗戀他，鼓起勇氣跟他告白。當時他所有好兄弟都有馬子，於是他也想要一個，即便沒有很喜歡這個女生，卻還是答應了她，然後「主動地」對她做了很多事。

後來，高中畢業，正好他也覺得這個女生煩了，用兩人上了不同大學為藉口，和平分手。

大一的時候，參加各種社團玩得很嗨。開始會打扮之後，身邊鶯鶯燕燕不斷，他沒有特別喜歡誰，但頗為享受那種同時與好幾個女生曖昧的感覺，他覺得自己備受肯定、生活刺激，每天都有新鮮的事情發生。

大二時，其中一個鶯鶯燕燕就是現在的正宮，胸大、膚白又貌美，重點是對他很好。

這一點是其他跟他搞曖昧的女生身上沒有的，其他女生都只在乎自己，她們有她們的自尊，有她們驕縱的脾氣，沒辦法像正宮一樣，全心全意、百依百順地愛他。

所以他給了正宮特別的待遇——「女友」的名分。剛交往時，他確實安分了一陣子，正宮會到他的租屋處，給他做飯、洗衣、打掃家裡，在床上用各種他喜歡的方法配合他。

兩三個月過去，他開始覺得無聊了，兄弟身邊的鶯鶯燕燕依舊很多，自己卻因為之前脫單時搞得人盡皆知，斬斷不少桃花，現在每天的生活就是上課、下課、回家陪女友，一點新鮮的刺激都沒有。

當時，學校有個去日本交換半學期海外營隊，他報名上了，那個營隊的成員都是朋友圈以外的學生，沒有人知道他有女友。到了日本，他和櫻花妹搞上，把對方哄得一愣一愣，相信他們即將發展一場跨國的浪漫戀曲。

「在床上聽到日文，真的像A片似的。」所有男人都有過這種嚮往，成熟男人不會為了這種事違背道德，而幼稚渣男則會為了追求這種事情而沾沾自喜。

半個學期後，海外營隊結束了，他跟櫻花妹說會再連絡，誰知道一回台灣就東窗事發。營隊裡有個女生是正宮姊妹的好友，在日本街頭撞見過他和櫻花妹擁吻，正宮又氣又哭說要分手，他跪在租屋處的地板上，大喊：「我是狗！我是豬！妳原諒我好不好？我會改！」

正宮原諒了他，繼續幫他做飯、洗衣、打掃家裡，他要搬家的時候，正宮幫他搬東西、裝箱、打包、聯繫貨運公司，而他則坐在沙發上玩手機。

中間過了三年，他們相安無事，因為Steven學會了拓展「雙重交友圈」，也就是在那個時候，他認識了Stan。

他們倆是在夜店認識的，台北說大不大，說小不小，如果是同溫層之外的對象，生活在台北三十年，打死都沒有交集，連一個共同朋友都沒有，也是有可能的。Stan的朋友圈，對於Steven的正宮來說，就是同溫層之外的對象。

而Stan朋友圈裡的妹子，身材火辣又會玩，Steven立刻就被這些新鮮的刺激給沖昏了頭腦。

睡了一個妹子，沒人發現，妹子也不是很在意，正宮依舊在家燒飯洗衣，於是他食髓知味，就有了第二個、第三個、第四個。Stan的朋友有些已經是社會人士，進入在夜店攀比口袋深的階段，為了討妹子歡心、為了面子，Steven也在夜店逞強開包廂，每次把辛辛苦苦打工存下來的錢花完了，就藉故跟正宮借錢。

「我通常不會跟她們說我有女友，」Steven說：「如果她們發現了，我就會說我們感情最近不穩定，我有想過分手……我確實有想過分手，這一點我沒說謊，只是我考慮再三之後決定不要分，不過不用告訴她們這一part，總之我沒說謊就好。」

那可真是做人最低的道德底線了。

「我不會主動去追一個女生，通常都是我撩一撩，她們自己想要的話，就貼上來，**這些女生多半是很想要戀愛、很寂寞那種類型吧。**」對於這種慣性出軌，Steven有自己的一套說詞：「反正，我是不會跟我女友分手的，她對我太好，我不能失去她。」

有人看不過去，冷冷一句：「那麼，你有珍惜過她嗎？」

Steven沉默了。他自己知道沒有，但是軟爛廢的他敵不過心中的慾望，他相信自己偷吃後擦嘴擦得還行，也篤定就算東窗事發，只要自己像第一次那樣苦苦哀求、撇清關係，正宮就不會離開他。

夜店事件之後第二天，聽說他在正宮家的地板上跪著，哭著大喊：「我是豬，我是狗！我真的錯了，我讓妳傷心，原諒我好不好？」

正宮這次學乖了，她帶了姊妹淘在旁邊，姊妹妳一言我一句，把Steven道歉的說詞給diss得體無完膚，正宮搖搖頭說：「你別侮辱了這麼可愛的動物，你真的豬狗不如！跟你耗了這麼多年，我浪費的青春真是一文不值。」

然後，正宮離開了他。

又過了一個月，我們在KTV的走廊巧遇Steven，他正在跟一個兄弟講話，他說：「分就分了唄，反正再找一個乖巧懂事的就好。說真的，太愛玩、太黏人的，我還真的沒辦法！」

「聽說你前女友的好姊妹到處放話說你是劈腿渣男，叫所有女生小心。」兄弟說。

「哎，講就讓她去講。」Steven伸了個懶腰：「當男生就是這點好，男生劈腿，大家罵一罵就忘了！而且我只要跟女生裝裝可憐，她們就會相信我。我也不知道為什麼，她們好像總是會把前女友當成敵人，在她們的潛意識裡，是不想相信前女友或別的女人的說法的，老是以為自己才是對的。」

我心下一怒，正想把這股怒火壓下來，Mady已往前追上了Steven。

「欸，先生。」Mady在Steven身後大喊。

Steven轉身，一臉疑惑地看著Mady：「嗯？」

「沒什麼，我只是想跟你說，」Mady嫣然一笑：「你的心真的很醜，你這個人也真的很噁心。還有，你以後最好小心一點，人賤自有天收。」

有些人做的糟糕事值得同情，有些人則不。

好男人也許會死光，但渣男永遠死不完。

Chapter 6

好女孩會上天堂，壞女孩收錢買房

台北那天豔陽高照，就像她的人生，也像她臉上春風拂面的表情。我們在那個下午通通齊聚到她的新家，在信義區寸土寸金的地段，擁有由知名設計師裝修的高樓城市景觀，兩房一廳附帶陽台，高端、大器又高檔。

她叫Eve，是Mady的大學同學。

Mady一邊喝著Eve開來慶祝的香檳，一邊低聲和我說：「看看這些來參加新居落成派對的『姊妹』們吧！又有多少是真心的呢？」

我跟她們不熟，與Eve也只是學生時代見過幾次面。我帶著社會觀察家的心態打量四周，果然好幾個妹子的眼神裡閃爍著不以為然的表情。

身後冷不防地突然傳來一絲輕笑，我跟Mady雙雙回頭，是一個叫莫妍的女生，她顯然是聽到了Mady剛才的低語，此刻正用莫可奈何的表情望著我們，輕輕嘆了口氣道：「她自己又有多少真心呢？不過是美夢成真的一刻，需要一些觀眾到場慶賀罷了。」

Mady拍了拍莫妍的肩，是真的好友的那種拍肩，然後向我介紹：「我沒跟妳說過吧？莫妍這些年來一直自責自己帶壞了Eve。」

莫妍仰頭喝光了自己手上的香檳。她是那種歐美風格的女孩，古銅色肌膚、健身後玲瓏有緻的身材、大波浪褐色長髮，有種不帶侵略性的氣質，開口便是容易親近的和氣笑容。

「可不是嗎？」莫妍說：「她當年對Frank可是真心的。」

Mady搖了搖頭：「我有時候都會想，我們真的是看著她一步步變壞的。」

事情要從大一開始說起。

剛進大一時，Mady是個直腸子通到底、刀子嘴豆腐心的海派女生；莫妍是那種風情萬種、交友廣闊的交際花，而Eve則是家裡管教甚嚴、金錢和慾望無法被滿足的乖乖女。

在一票同學裡，莫妍顯然過得最有聲有色。她有會開「遊艇派對」的富二代朋友，也有相約逛名牌店的小模姊妹，身邊環繞著在信義區夜店呼風喚雨的人物。然而最難得的是她不臭跩，也不對任何人抱持先入為主的觀念，用同樣友善的態度對待所有人。

Mady跟莫妍同系，兩人都屬於熱情外向、不會想太多的人，幾堂課下來就變成了朋友。而Eve跟Mady同社團，經常接觸之後，兩個愛玩的年輕人也慢慢地變熟。當莫妍有局找Mady時，Mady也會帶上Eve，漸漸地，大家就成了玩在一起的

「姊妹淘」。

莫妍當時有個男朋友，家境殷實，也很寵莫妍，她身上很多奢侈品都是這個男友送的禮物。雖然莫妍從不主動提起，但Eve還是注意到了。

Mady記得，那時候Eve總會有意無意地問莫妍：「妳又買新包包呀？哪裡買的？多少錢？」

後來，大一升大二的盛夏，Eve在一次house party上認識了Frank。

那次house party的主辦人是莫妍的一個留學生朋友，暑假正是留學生歸國的季節，他們把國外的派對、狂歡帶回了台灣。在一般人眼中，這群人個性奔放、不拘小節，面對感情時往往是不專情。

誰知道，Frank是個例外。

應該說，Frank本來不該是個例外。

Frank在新加坡讀大學，主修數學，一邊讀書一邊當家教，雖然是半工半讀，卻領著堪比上班族的優渥薪水，且不用繳稅。據莫妍的好友說，這傢伙原本就是個花花公子，喜歡找炮友，不喜歡談感情，總是在女生動真心的時候，立刻收手收得乾乾淨淨，踏過滿地破碎的少女心，還一臉無辜的樣子。

剛好，認識Eve的時候，Frank大四，回首自己輝煌的、百人斬的青春歲月，浪子也想找個單純的、不是玩玩而已的好女孩收心了。

那一夜的派對，Frank和Eve一起組隊玩Beer Pong，進球的時候互相擊掌，後來又肩並肩地坐在人群中玩King's Cup，在Eve不勝酒力時，Frank還會偷偷幫她擋酒。

浪子的求愛招術特別多，他帶Eve去高檔景觀餐廳、去夜景酒吧，甚至在Piano Bar現場露了一手爵士琴藝，很快地，Eve就墜入了愛河。

最後，暑假結束前，Frank送了Eve一串潘朵拉手鍊，以及一張開學後第一個周末往返新加坡的來回機票，希望她能做他的女朋友。

回憶起那個八月，莫妍說Eve臉上那抹暈陶陶的表情都還歷歷在目。Eve告訴Mady和莫妍：「Frank真的完全就是我的菜！幽默、有才華、聰明又浪漫……我到現在還是不敢置信，他居然對我這麼真心！」

從前，Eve面對莫妍身邊那些吃穿用度較為闊綽的女性朋友時，總是怯生生地，生怕顯得自己格格不入。認識了Frank，收了幾個奢侈品當禮物之後，她的態度慢慢開始轉變了，變得大方、更有自信，也更暢所欲言。

一開始沒人覺得有什麼不好，甚至很高興好姊妹找到了如此合乎心意的男友。大二時Eve常常飛去新加坡，Frank也常常飛來台灣，大家還常常相約出來聚會。

日子就這麼歲月靜好地過了下去，到了大三、大四的時候，莫妍交了一個喜歡管東管西的男模男友，Mady也因為開始忙著實習，大家一起玩樂的頻率漸漸減少，等到莫妍再回過神來時，居然聽聞Eve在外面跟好姊妹鬧翻，還被人嫌棄「公主病太嚴重」。

莫妍是在朋友生日派對上聽到Frank的共同好友說起這件事，這些年Frank寵Eve寵上了天，Eve說得出口的所有不合理要求，Frank都會盡量滿足她。

「去年，他們交往周年紀念日，Frank買了最新的iPhone送給Eve，手機上還專門刻下Eve的名字，結果Eve發起脾氣來，指責Frank為什麼要送她這種沒用幾年就可以丟掉的東西，說她就是想要Tiffany的鑽石。」酒過三巡，生日派對上的共同好友這麼告訴莫妍。

「什麼鬼？」莫妍皺起眉：「結果他真的去換了？」

「換什麼換啊！」共同好友噗哧一笑：「當下就開車載她去Tiffany挑了鑽石，

手機刻了字不能退，當然就留著囉！」

「Frank真是性情大變啊！」莫妍一臉納悶，不太確定自己貪圖顏值，忙著跟帥哥男模談戀愛的時候，這世界到底都發生了什麼？

「是啊，Frank寵Eve還不只是物質上的，根本是把她奉為人生圭臬了，搞到後來連在Frank家人面前，Eve都敢沒大沒小。」他們的共同好友繼續說。

「真的假的？」莫妍有些震驚：「當初大一的時候，我記得Eve對長輩很禮貌的啊。」

「人都嘛會變囉！」共同好友聳了聳肩，說：「櫻花祭的時候，Frank帶他爸媽、奶奶還有Eve一起去賞花，本來說好爸媽跟奶奶走一路，讓Frank跟Eve小倆口可以獨處。誰知道，到了現場人滿為患，Frank爸爸開車找不到停車位，於是媽媽讓Frank和Eve帶奶奶先下車看花，媽媽在車上陪爸爸繞圈子，等他們賞完花再上車。」

「Eve總不會反對吧？」莫妍說。

「豈止反對喔！」共同好友搖頭咋舌道：「她直接翻臉，嚷嚷說『不是說好是我跟你兩人時間嗎』？然後直接下車跑走了。最後Frank只好把家人丟在原地，上前追著她、哄她。」

「……」這下，莫妍不知道該說什麼才好，顯然有些公主病真的是被奴才寵出來的，但是Eve也未免太超過了。

「而且，」共同朋友想了想，用就事論事的口吻說：「她這些年似乎總是把妳視為假想敵，雖然沒說過妳什麼壞話啦，但每次有人誇妳的時候，她都會在旁邊附和『那又沒什麼，不過就這樣嘛』！」

莫妍聽完後沒有接話，心裡有些難過。這些年來，這種女生她見多了，只是沒想到Eve也是其中一個。

後來，她們之間還是維持著「偶爾聚會」的友情模式，莫妍裝作什麼都不知道的樣子，但是對待Eve再也沒辦法像從前那麼真誠了。

後來，畢業出社會之後，聽說Eve對外宣稱自己單身，背著Frank找「Provider」的事情。

「Provider」這名詞，Mady剛耳聞時也是三觀爆擊。這些「供給者」不是乾爸，也不強求發展成男女關係，就是一群手上有閒錢的成功人士，喜歡跟合自己眼緣、需要幫助的年輕異性吃飯、聊天，然後會定期開些支票給這些「年輕朋友」，資助他們的生活。

Eve會認識這些「供給者」，就是從莫妍幾個比較不熟的好姊妹那邊轉介而來的。

有一次Eve告訴Mady，她收過的支票從十幾、二十萬元到一兩百萬元都有，只是兩百萬的，她當時沒膽收，擔心需要付出更多代價，畢竟她還是有原則的人。

其實，找「供給者」也沒什麼，但那是在假設Eve沒有男朋友的情況下。「供給者」與「被幫助者」之間的關係，遊走在灰色地帶，「供給者」替這些年輕異性出錢，享受一種貌似柏拉圖式、豢養的曖昧。當然，「供給者」通常只願意為單身的年輕異性出錢，畢竟沒有人想替別人養老婆（或是老公）。

Eve就這樣欺上瞞下地度過了出社會後的前期生活，Frank依舊以為她是認真打拚的職場新鮮人，「供給者們」則以為她是單身又無依無靠的弱女子。

她左手收Frank一個名牌包，右手收「供給者」一張支票，業外收入早就超過正職收入的十倍以上，直到Frank發現了整件事。

Frank整個人心都碎了！他似乎不清楚Eve的交友圈，還誤以為Mady跟莫妍仍然是Eve最好的朋友，發了訊息給莫妍，問她知不知道這件事情。他想先了解Eve

背後的動機，以免錯怪了她。

莫妍根本不想攪入這場混水裡，只說兩人出社會後因為工作忙，已經不怎麼談心了。

然後，又是一年一度的共同好友生日派對，還是那個彼此互相認識、背地裡根本沒有秘密的小圈子。酒過三巡，所有「若要人不知，除非己莫為」的事情，都被當成茶餘飯後的話題，大家竊竊私語又津津樂道地談論著。

「妳有聽說咱們金融業金童變身火山孝子的故事嗎？」不同的好友，一樣的八卦態度，臉上都是那種「這種精采故事不能只有我知道」的吃瓜群眾表情。

「什麼鬼？」莫妍放下酒杯，側身準備仔細聆聽這個故事：「妳說Frank嗎？」

「嗯啊，」好友說：「Frank不是發現Eve在外面找Provider嗎？」

「這我知道，後來呢？」莫妍問。

「Frank問Eve為什麼要這麼做，Eve哭著說她出社會後工作很辛苦，又不想給家裡造成負擔，她看Frank賺那麼多，也想成為『配得上Frank的女人』，所以才用這種方式想快點存錢。」好友給了莫妍一個「誰相信這鬼話」的眼神。

「Frank肯定會信的。」莫姸聳了聳肩。

「豈止信了，」好友搖了搖頭：「Frank跟Eve說，叫她不要操這種心。然後Eve進一步說，她這些年在外面租房子，總覺得沒有一個家的感覺，存錢也是想要一個讓自己能夠睡得安穩的家。」

「Frank該不會說要幫Eve買房子吧？」莫姸已經猜到故事後來的發展。

「嗯哼！最先說好頭期款一人出一半，後來不知道怎麼搞的，就變成Frank出七成，Eve出三成，但名字掛Eve的。」

「……」莫姸瞠目結舌地說：「好吧！Frank自己賺的錢，他要怎樣做誰也管不了，只是他沒想過萬一有天Eve翻臉要分手，這些沉沒成本不會讓他覺得崩潰嗎？」

在那個派對上，莫姸只是把最糟的情況隨口一說，誰知道不到半年這個預言就一語成讖了。

房子挑好了，頭期款也付了，所有朋友都在明示暗示Frank太傻時，Frank到處跟大家表示：「Eve很懂事，她說裝潢費要自己出，不想讓我負擔太重。」

大家內心裡都有十萬個懷疑，然而Frank堅信不移，甚至已經打算向Eve求

婚。他偷偷訂了國際知名大牌的求婚鑽戒、為期半個月的歐洲蜜月之旅，籌備了一個萬全的、浪漫的、舉世無雙的計畫，準備在盛夏的相識紀念日給Eve一個意外的驚喜。

然而，在他萬全的計畫中，不包括Eve突然提出的分手。

那年春暖花開的四月，Eve結識了一個高大帥氣、風趣又不會事事順著她心意的新歡，幾乎立刻就決定拋棄已經食之無味的Frank。

Eve的分手臺詞是這樣的：「我不想要馬子狗，我想要真男人。」

Frank心碎了！莫妍這輩子很少看過哪個男人被傷得這麼深，這些年來他在Eve身上所有的付出，如今都成了那些使他抓狂、崩潰、想不開的沉沒成本，而Eve走得雲淡風輕，斷得一乾二淨，臉書、LINE……所有聯絡方式封鎖加刪除、私訊不讀不回。

有些共同好友看不過去，委婉地詢問Eve對於Frank的所作所為真的不感到心疼或後悔嗎？

而Eve的回答是這樣的：「我從沒逼他做過任何事，也從來沒做過任何道德上對不起他的事。人生本來就要繼續往自己理想的方向走，我想要有錢、有房、有一個合我心意的男朋友，有什麼不對嗎？」

Eve的朋友閉嘴了，不是因為被Eve說服，而是知道兩人的價值觀已經離得太遠，再多說什麼也只是浪費唇舌罷了。

而Eve最後再補上一句：「當機立斷揮別不適合的人，眼睛時刻只盯著目標，人不就是這樣達成願望的嗎？」

在場的另一名朋友看不過去，開口問：「那人情債呢？同情心呢？同理心呢？」

Eve一愣，冷笑了一聲，不屑似地反唇相譏：「妳現在是想要說我做錯了嗎？」

那個朋友雙手一攤：「怎麼會！那是妳的事！」

聽完了這個故事，我們還站在Eve新家的起居室裡，看著光潔的地板、北歐進口的吊燈，窗外是艷陽高照、晴空萬里的好天氣，是Frank本來打算跟Eve求婚的那個夏天。

男生當渣男，多半騙炮；女生當渣女，多半騙錢。

渣不渣，旁人的評論自有定奪，只是會在乎輿論壓力的多半渣不起來。真的「渣」的那些人，也早就已經用一套邏輯清晰的價值觀成功地說服了自己，就算眾叛親離，閒言閒語排山倒海而來，也不為所動。

Chapter 7

那些年，線上遊戲裡愛過的網公網婆

描繪西元２０００年後城市人的「戀愛圖鑑」，自然不可不寫「網戀」。網際網路改變了人類的生活模式，也改變了戀愛模式。

絕大多數人的網戀，**都是一場網對網的幻想，禁不起面對面的真相。**

「我突然想起一個關於網戀、驚天動地的故事。」Bonnie差點被飲料嗆到，忙不迭地放下杯子，告訴我們。

「請說。」Mady作勢在手裡抓了個隱形的麥克風，遞給Bonnie。

故事是這樣的——

Bonnie有個小學同學，暫且叫她珊珊吧。當時，Bonnie和珊珊小學六年級，兩人除了同班之外，一起在學校附近的補習班補英文。

２００７年，網路剛剛普及沒多久，線上遊戲、聊天室、即時通是當時最夯的玩意。

Bonnie的爸媽管得嚴，她每天只能用一小時電腦，由於時間寶貴，Bonnie並不會拿這一個小時來玩遊戲，總是把時間花在跟朋友聊天、瀏覽動漫資訊上（沒錯！Bonnie當年是個宅女）。

而珊珊的爸媽對於玩電腦這件事則不設限，於是珊珊掛在線上遊戲網站上流連忘返，也在遊戲裡認識了一個「網公」，那個男人的ＩＤ叫做：「我愛秋」。

珊珊問過他：「秋是誰？」

男人說：「沒有啦，就是很唱秋的秋啊，這ＩＤ是不是很屁？」

屁孩是不會說自己屁的。

這個男人已經29歲，珊珊得知後便決定謊報年齡，她告訴對方自己16歲。

對於12歲的小女孩來說，16歲是極遙遠的事。

在那個遙遠的年紀，可以讀高中、穿很酷的制服（至少比小學酷），可以蹺課、跟朋友去ＫＴＶ、去逛街，可以談大人的戀愛。

珊珊跟「我愛秋」在線上遊戲裡交往了。

「我愛秋」本姓林，這位林先生在兩人「確定關係」後不久，向珊珊坦承自己有老婆和孩子，老婆是外籍配偶，他說與太太無話可談，下班後唯一的消遣就是線上遊戲。林先生跟珊珊說：「在妳身上，我才找到戀愛的感覺。」

珊珊聽完這句話，覺得這一切都是命中注定，她愛得更深了。

當時，珊珊有一支只有手掌一半大小的手機，每當週六早上在英文補習班上課時，Bonnie坐在隔壁邊聽課邊塗鴉，珊珊就用掌心蓋著手機在耳旁，裝作托腮的樣子，其實是在跟林先生講電話。

這樣的關係維持了一個半月，有一天補習班下課，珊珊神秘兮兮地把Bonnie拉到一旁，說有事情要和她商量。

「怎樣？」Bonnie趕著回家看動漫，急躁地問。

「我網公說想抓我胸部，我就說我也想給他抓……」珊珊說。

「蛤？」Bonnie一愣，那關我屁事！話到嘴邊又覺得不太好，連忙改口：「所以呢？」

「然後他就說要見面，我怕我跟他見面會露餡，讓他發現我根本還沒16歲，也沒上過高中……」珊珊的臉皺成一團。

「不會吧！妳長得高、又有胸部，他也有可能不會發現啊。」Bonnie就事論事地說。

「真的嗎？」Bonnie至今都難忘珊珊眼中亮起光芒的樣子：「那妳覺得我要去嗎？」

secret

「可是他有老婆小孩欸！」Bonnie癟起嘴，有老婆小孩的人，在她心中就是大叔，跟舅舅或爸爸沒兩樣，噁！

「可是他跟他老婆沒感情呀！他說當初是他阿嬤過世之前很希望看到他成家，所以他才結婚的，根本就不是心甘情願的呀！他愛的是我！」

Bonnie想了一想：「那……他會離婚嗎？」

「見面之後，他說他會想一想！」珊珊滿懷希望地說：「所以，妳覺得我該去嗎？」

Bonnie看了看手錶，還有十分鐘動漫就要播出了：「妳想去嗎？」

「我想去啊！超級想！」

「那就去啊！」Bonnie下意識地這麼說，話才說出口，突然又覺得不太妥，只好補上一句：「但是妳去之前，要不要跟妳爸媽討論一下？」

「他們知道就一定不會讓我去的！他們說上了大學才能談戀愛呀！」

「那，妳還是先不要去，就先談網戀好啦！」Bonnie雙手一拍：「等妳到大學不就可以見面了嗎？我先走囉，掰掰！」

後來，珊珊沒再提起這件事，Bonnie也沒追問後續，她不是很能理解珊珊的網戀，因此也不是很在意珊珊和林先生之間的戀情發展。

就這樣半個月又過去了，兩週後的週六早上，Bonnie照常起床梳洗準備去英文補習班，就在這個時候收到了珊珊的簡訊。

「我今天要去跟我老公見面！我跟我媽說，上完補習班之後會去妳家玩，如果我媽問妳，幫我擋一下好嗎？」

「我能說不好嗎？」Bonnie翻了個白眼，收起手機就去補習班了。

當天，珊珊果然沒有來上課，Bonnie不是很認真地想像著珊珊跟林先生見面後的場景。

不知道那林先生到底帥不帥？如果說長得像劉德華、梁朝偉什麼的，那有老婆孩子可能也沒有那麼不能接受……不過，Bonnie還是喜歡少男，像漫畫男主角或者棒棒糖男孩那種類型的。

Bonnie下了一個結論，珊珊的菜跟她的不同。

下課之後，Bonnie照常回家看動漫、吃中飯，然後午睡。在她午睡的時候，隱約聽到家裡電話嘟嚕嚕地在響，不過這不關她的事，一向都是媽媽負責接電話，她翻了個身，繼續睡得香甜。

一小時後，Bonnie睡醒了。媽媽叫她去吃水果，餐桌上，媽媽有些疑惑地問：「珊珊今天有說要來嗎？」

Bonnie抬起頭，問：「怎麼了？」

媽媽說：「珊珊媽媽剛剛打電話來，說家裡煮了一大鍋綠豆湯，想說珊珊在我們這裡，問要不要送一點過來。」

Bonnie忙不迭地問：「那妳怎麼說？」

媽媽回答：「我說珊珊沒來呀，她又問說妳在哪裡，我就說妳在房間睡午覺嘛。」

Bonnie心想完了，誰知道她媽會打電話來，沒跟家裡串通好，這下珊珊的謊話要穿幫了。

媽媽見狀也起了疑心，開口追問道：「妳們到底在搞什麼鬼？珊珊在哪？」

Bonnie一五一十地說了，媽媽聽完後急得要命，拍了Bonnie一下：「妳們這些小孩子怎麼這麼不知輕重！平常電視新聞都沒有在看的嗎？這有多危險啊！」她邊說邊衝向電話，撥到珊珊家，劈里啪啦地就將事情全盤托出。

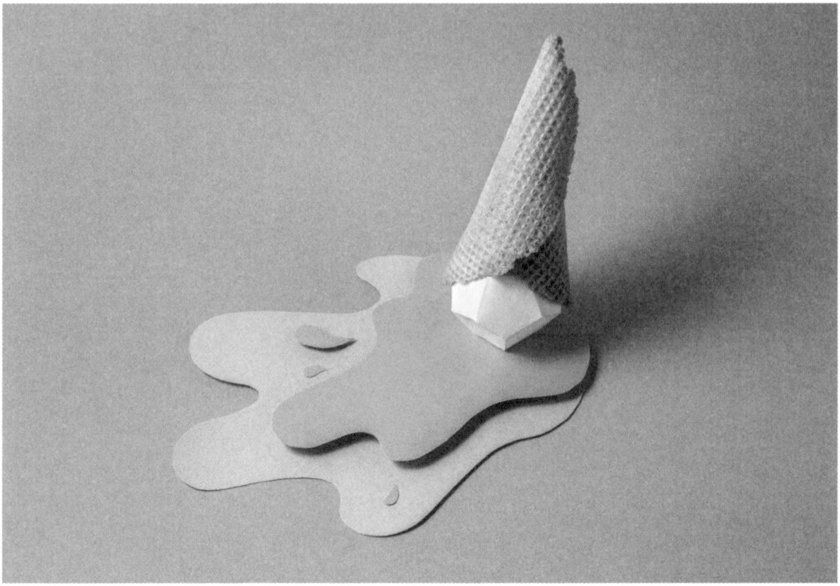

Bonnie站在一旁，有點不知所措。她很擔心珊珊會怪她不守信用、不夠朋友，但她更怕珊珊真的出了什麼事。

禮拜一，珊珊沒有來學校。

禮拜二，珊珊還是沒來。有人問Bonnie知不知道珊珊怎麼了，Bonnie總是胡亂地推說不知道，然後藉故走開。

禮拜三，珊珊終於來了，但是她再也不願意跟Bonnie說話。

Bonnie從媽媽那邊聽說了事情的經過。

原來，珊珊媽媽得知真相後，打了數十通電話給珊珊都沒人回應，珊珊的阿公更是急得要報警。珊珊媽媽說：「還沒超過24小時，也不知道警察會不會受理，不如先查查珊珊的電話帳單。」

果然，在電話帳單裡找到一個大量出現的電話號碼，打過去後是一個男生接起來。

珊珊媽媽問：「是林先生嗎？我女兒是不是在你那裡？」

電話那頭的男人嚇了一跳，說：「我是。」

珊珊家人趕到現場的時候，珊珊阿公氣得拿起拐杖打林先生，一邊恐嚇對方要告他性侵未成年。林先生驚恐萬分，苦苦地哀求，希望能夠私下和解賠償，珊珊哭著說自己只是想好好談一場戀愛，回家之後被媽媽痛打一頓。

「結果呢？」Mady聽得聚精會神，見Bonnie打住，趕緊追問：「後來咧？」

「我哪知道。」Bonnie說：「她就跟我絕交了咩，後來沒過多久，我們就畢業了啊。」

會談網戀的人，多半都比較容易陷入幻想世界。

這不是一件壞事，容易幻想、容易相信願望會成真，是一種純真的特質。說不定，在某個更高等的維度，某個人類的靈性該去的地方，是由意識決定客觀事實，在那個地方，容易幻想並且相信這些幻想，也許是一種最強大的能力。

可惜這個虛擬世界崎嶇難行，在網路上愛一個人，和愛著一本小說或一部電影裡的角色有什麼差別？

你愛上他發給你的套上了濾鏡的角色形象照，你愛上他呈現在螢幕上的臺詞劇本，他只給了你人物的骨架，然後你用你的想像力補完了剩下的血肉。

網路也許是很好的交友管道，卻不是延續一段關係的舞臺。

網戀，有人奔進現實後結婚、修成正果，有人走進現實後毀滅，發覺自己演了一場荒謬的鬧劇。

畢竟，網路是有趣的、便利的、多元的、豐富的，但從來不是誠信的。

Chapter 8

禁忌的伊甸園

秋風瑟瑟，我跟Bonnie、Mady走在街頭，經過鬧區一間家電行的櫥窗，Bonnie突然「啊」了一聲。

「怎麼了？」循著她的視線望過去，電視螢幕上正在播著網路平臺的影片，是一個新人女歌手正在接受採訪。

那個女歌手叫王子甯，長髮飄逸，很女神的模樣。

「是她欸！」Bonnie說：「她以前是個風靡全校的帥T。」

電視上，主持人問道：「在這張新的數位專輯裡，有幾首歌被網友批評為『物化女性』、『弱化女權』，身為一個女人，妳有什麼想說的嗎？」

王子甯端出十分謙和有禮的微笑回應：「我有許多在講男女愛戀的歌，都是以我自己的愛情觀去寫的，不一定符合某些聽眾的愛情觀，我能理解他們的心情。不過我認為，女性主義、女權，不就是一個女生能有自由去做她想做的事，不為此受到壓迫嗎？」

Bonnie在旁邊咋舌咋得震天價響，Mady知道她有話想說，轉頭問：「怎樣？」

Bonnie搖頭停了半晌，才悠悠地開口：「她以前可不是這樣的，她以前曾經說：『給我一百萬，我也不會愛上男人』咧！」

「女校很多被環境影響的假性同性戀啦！青少年嘛，賈寶玉跟秦鐘不就是最好的例子嗎？」

Mady贊同地說：「九年一貫的義務教育，不就是一連串的人云亦云、有樣學樣嗎？」說完，她聳了聳肩，「因為大家都這麼做，所以我也要這麼做；因為別人這樣說，所以我也這樣覺得。**我們在無意識的求同中，卻又盼望著差異**，不是很諷刺嗎？」

Bonnie翻了個白眼：「幹嘛？我們現在連討論老同學，都要無限上綱到教育體制是否應該修正的程度了嗎？」

Mady哈哈大笑：「好啦，老同學怎樣？快跟我們說嘛！」

Bonnie讀的女校，在台北郊區的靜謐一角，臨山傍水，春季有花香、夏季有蟬鳴，可以說是女孩們的世外桃源。

Bonnie國一剛進學校的那一天，幼小的心靈就受到了不小的衝擊。

在她爸媽眼中，女校就是一群女生輕聲細語、巧笑倩兮地坐在樹蔭下看海明威或張愛玲的小說，她們穿著藍色制服裙、白色襯衫，雙腿優雅而纖細，舉止端莊得宜。

但是，這一切都沒有發生。Bonnie剛進學校、進入寢室時，負責管理寢室的學姊剪著極短的頭髮，正在跟三個男孩模樣的青少年聊天。

「等等！這不是女校嗎？」Bonnie心想。在那之前，她的世界裡，直跟彎不過是形狀的形容詞，T跟P也不過是兩個相差五格的英文字母。

那三個男孩模樣的青少年，上身穿著她們學校的制服襯衫，下面配著長及膝蓋的運動短褲，加上短襪跟球鞋，頭髮是時下最流行的刺蝟頭。其中一個長得挺帥的，是俊秀美男子那種類型，身高也是鶴立雞群，眉宇間透著一種亦柔亦剛的氣息。

Bonnie困惑極了，她還記得自己偷偷低聲問隔壁的同學：「到底是男生還是女生啊……這裡不是女校嗎？」

誰知道被管寢室的學姊聽到了，有些好笑地回頭告訴她：「同學，都是女的。」

從此，那樣的生活方式就進入了Bonnie的世界，她也知道了那個俊秀美男子的閨名——王子甯。剛升上國二的王子甯，很快憑藉著超高的顏值，被國一學妹們稱為「王子學姊」，在這個沒有臭男生的園地，少女的幻想似乎更接近浪漫的本質。

「結果咧？」Mady問：「妳接下來要跟我們分享妳的禁斷戀曲了嗎？」

Bonnie白了她一眼：「我只念一年就出國了，我要講的是當時的死黨的故事。」

Bonnie的死黨叫林芹，在上國中之前，她是個熱愛言情小說與少女漫畫的姑娘，上了國中之後也還是如此，直到她跟直屬學姊王子甯開始慢慢熟絡起來。

學校裡有著這樣的風氣——為了表示關心與在乎，在開學當週，直屬學姊會用可愛的信紙寫一封信，細心地摺成各種樣式，送給自己的直屬學妹。而直屬學妹當然也會回信，就這樣搭起友誼的橋梁。

這個風氣到底是從什麼時候開始的，已經沒有人知道了。不過很快地這個風氣就不再只存在於直屬學姊妹之間，朋友和同學之間，也都會傳這樣的「紙條信」，簡稱為「條」。

在這些「條」裡，女生們互相訴說著自己的心事、想法來維繫友情，有一些則昇華成了超越友情的東西。明白人稱為「同性戀」，然而在青澀懵懂的歲月裡，在相對保守的教育環境下，這個詞太沉重，像喘不過氣的深夜，伴隨著無以名狀的擔憂。

國一下學期，某個放學時分，林芹在寢室裡沒有別人的時候，哭著告訴Bonnie：「我覺得我喜歡王子……怎麼辦？」

Bonnie當時正在偷吃薯片（在這個學校的校規中，零食跟毒品一樣，禁止使用或持有），她有些不解地回應：「什麼怎麼辦？她也喜歡女生不是嗎？」

「對，她也喜歡女生，而且我也覺得，她有喜歡我……」林芹抽抽搭搭地說：「可是，我本來是喜歡男生的呀！這樣下去的話，我爸媽知道了該怎麼辦？我阿公阿嬤知道了該怎麼辦？他們會不會怪王子？會不會要我轉學？我不想要轉學……」

Bonnie一邊咀嚼薯片，一邊仔細思索這個問題。Bonnie向來都是個我行我素的人，別人怎麼想從來不列入考慮，但是林芹的困擾確實很有道理，苦思再三，她只得出一個答案：「那妳們就偷偷來，不要讓家裡人知道嘛！」

那一年是2007年，離同婚合法化還有十二年的路要走，是一條很辛苦的路。

林芹和王子甯交往了。王子是林芹的初戀，她所有曾經在心中夢想過的浪漫戀曲，如今都在王子甯身上得到了完美的具象化。

但是，她們的關係在那年暑假被王子甯的家人發現了。國三開學第一天，王媽媽直接找上了王子甯的班導，態度冷靜又強硬地要求她將林芹的父母也找來學校一趟。

王媽媽是個強勢的女人，對於教養孩子有一套自己的標準，也十分貫徹這個標準。

那天下午，林芹的爸爸、王子甯的媽媽，她們雙方的班導以及教務主任，全都坐在空調開得太冷的狹小會客室裡。

王媽媽責怪校方：「我們送孩子來，是相信貴校的教育品質，不是送她們來這裡搞同性戀的。」

王子甯開口：「媽……」話還沒說完，就被王媽媽一個憤怒的眼神給制止了。

教務主任再三賠不是：「對不起！王媽媽，確實是我們當老師的疏忽了。妳也知道，女孩子間的友情本來就很親密，實在沒想過居然會變成這樣。」

會議室裡只有林爸爸一個男人，顯得尷尬極了。他正襟危坐在那張硬邦邦的木頭椅上，哪知道女孩子的友情到底是怎麼樣；他更不明白的是，小學六年級還嚷著想要嫁給電視上載歌載舞的男偶像的女兒，怎麼不到一年的時間，突然就成了女同志？

王媽媽接下去說：「子甯已經國三了，正是要好好準備學測的時候，我也不想在這個節骨眼上讓她轉學，所以我希望今天我們能在這裡達成一個共識……」她環顧四周，用眼神一一點名在場的每一個大人，王子甯的班導、林芹的班導、教務主任，最後是林芹的爸爸。

大家不約而同地開口：「是、是，您說……」林芹的爸爸聲音有些沙啞，他咳了一聲才把第二聲「是」說出來。

「我希望林同學跟子甯能夠從此斷絕來往，不再聯繫。這需要兩位班導以及主任協助監督，以及林爸爸的配合管教。我相信林同學也不希望害子甯因為這件事而考試成績下滑，影響到升學前途，對吧？」

王媽媽的眼神突然看向了林芹，林芹瑟縮了一下，趕忙垂下頭，不願跟這個令人害怕的婦人多做眼神接觸。

然而王媽媽不願這樣放過她，眼神犀利地看著她：「林同學，妳不希望害子甯家庭破碎、毀掉前途吧？」

「媽，妳不要……」王子甯再度開口，但很快又被王媽媽給打斷。

「在妳們搞這些不三不四的事情之前，子甯從來不跟我頂嘴，她知道媽媽做的決定都是正確的。」王媽媽聲音變得大聲，她繼續看著林芹：「林同學，請妳體諒我這個做媽媽的，也替子甯想想吧！不要用妳們幼稚的幻想，同時毀了兩個人。」

林芹忍不住哭了起來。王子甯讓她所有的美夢成真，誰知在美夢做完之後，就是噩夢的開始了。

「林同學，」王媽媽見她落淚，口氣開始和緩：「王媽媽求妳，妳們兩個不要再來往，別讓各自的家人難過好嗎？」

林芹的爸爸始終沒有說話，他很難理解女生愛上女生的心情，他試著揣摩自己愛上一個男人的畫面，結果光用想的都感到一陣作嘔。他其實是認同對方家長的，他也不希望自己女兒繼續跟一個半男不女的學姊混在一起。

當然，對方家長對女兒這種威逼利誘的態度，他做為父親的自然不太開心，但他轉念又想，女人跟女孩總歸比較好溝通，如果對方家長不出手，他一個大男人又該怎麼開口呢？所以，既然他跟對方家長的最終目標一致，就沒必要去糾結中間過程或手段了。

林芹還在哭，王媽媽的聲音逼近到耳邊：「林同學，王媽媽求妳了！」

林芹終於哽咽地點了點頭：「我知道了。」

王媽媽滿意地轉向林爸爸：「事情搞成這樣，雙方家長都有義務承擔，我也會在家長會裡提醒其他家長注意這種情況。希望林先生不要介意，我覺得沒人希望自己的孩子發生這種事，再麻煩林先生回家好好勸勸林同學了。」

林芹是哭著回到教室的，班導很心疼，卻不知道還能說些什麼。王子甯在第二節下課傳了紙條來，林芹哭著看完，把那張紙條摺了起來，收進鉛筆袋的暗袋裡，沒有回信。

「就這樣？」Mady聽到這裡，不太滿意地說：「一對被家長與教育體制拆散的小情侶？」

Bonnie搖了搖頭：「不，結局不是這樣的。」

同為住校生，要拆散一對同性情侶還真不是一件容易的事，大家有太多機會可以避人耳目私下相見，在寢室、在洗澡間、在餐廳後面的小路……林芹下定決心要做對王子甯好的決定，然而王子甯叛逆之心已被媽媽激起。

林芹打算再也不見王子甯的決心，最終在王子甯拉著她的手，哭著喊出的一句話下，化為烏有。

王子甯說：「**不要讓性別造成離別，不要在該勇敢時選擇錯過！**」她們倆在寢室門口相擁哭成一團，旁邊看見這一幕的女同學也哭了，大家抱在一起，替林芹和王子甯感到開心。那一秒，大家覺得愛情的力量真偉大！那一秒，大家認為能自由地選擇所愛，是全世界最值得稱頌的一件事。

有為林芹和王子甯歡呼的人，自然就有見不得人家違規、存心要打小報告的人，某位不知名的同學將今天這一幕告訴了自己的媽媽，她媽媽又在家長會的通訊裡告訴了王媽媽，王媽媽便痛打了王子甯一頓。

王家的氣氛緊張，王媽媽開始隔三差五地打電話到學校關切，甚至打電話央求林爸爸說服林芹，拒絕與王子甯來往。

王子甯在學校開始變壞了，她不停地存心犯校規，大家都認為是叛逆期加上家庭革命，導致她的行為產生偏差，其實真相只有她跟林芹知道。

王子甯告訴林芹：「我媽顧慮到學測，不願意讓我轉學，又整天疑神疑鬼的，覺得我們倆偷偷見面，所以打電話給學校、打給妳爸媽，搞得雞犬不寧，那我就被退學好了！離開這裡，我媽大概就會放心了，也不會有臭三八打小報告，我就

可以跟妳好好在一起了。」

半學期之內，王子甯犯遍所有大的小的校規，很快地集滿兩支大過跟三支小過，被退學了。

被退學當天，王子甯又被打了一頓。但是她聽到深夜裡爸媽的對話，媽媽說：「這樣也好，離開那裡，離開那個女生，到了有男生的學校，看會不會變得正常。」

那一刻，王子甯好痛恨媽媽，什麼叫「正常」？這種守舊的觀念簡直令她作嘔。她告訴林芹這件事，並且義正詞嚴地說：「我王子甯，有生之年，絕對不會喜歡上一個帶把的，噁心！」

林芹一家人一直都對這件事避而不談，林爸爸跟林媽媽不知道該怎麼向女兒啟齒，於是他們下定決心，只要女兒表面看起來一切都好，成績沒有下滑、吃睡都正常，他們就當作沒事算了。

王子甯退學的消息，林媽媽也在家長會的通訊裡得知，有種鬆了一口氣的感覺。

「結局不會是我想的那樣吧？」聽到這裡，我想起了王子甯剛才在影片裡的發言，皺起眉問道：「那樣的話，林芹太可憐了！」

Bonnie聳了聳肩：「沒辦法，這種事妳也不能怪王子，說真的，大家又能怎麼辦呢？」

王子甯被退學後，轉進男女合校的公立國中，也不知道是賭氣還是換了環境真的有影響，她學測並沒有考好，最後在媽媽的痛斥下，進了一所吊車尾的公立高中。

王子甯跟林芹一直維持著偷偷見面的關係，但是王子甯開始變得不太一樣了，原本的短髮慢慢留成了及肩的長度，原本束著的胸也換上了運動型內衣。

王子甯買下四年來第一件裙子的那天，她跟林芹坦承，學校有幾個男同學在追她，而她其實有點動心。

「或許我們真的不知道自己在做什麼。」王子甯語重心長地說。

林芹看著手上的模擬考卷，現在要面臨學測壓力的人是她，王子甯卻偏偏在這種時候說這種話？

「或許只有妳不知道自己在做什麼。」她冷冷地說：「我從決定要跟妳在一起的那天開始，一直都是認真的。」

王子甯看著她，那雙眼裡曾經有過不顧一切的炙熱、挑釁大人的不羈、義無反顧的勇敢，如今都不見了！取而代之的是一種林芹不熟悉的回應態度。這種態度在她眼裡，後來稱之為「在世俗裡走遠的人」。

王子甯變了，林芹即便不願面對這個事實，也已經預知到事情的結局。學測放榜，林芹與第一志願失之交臂的那一天，王子甯安慰她的話語顯得有些漫不經心。

在電話裡，林芹痛哭起來：「妳走吧！我知道妳已經不愛我了，妳已經愛上那些帶把的，妳曾經說不會愛上的人，勉強陪著我又有什麼意思呢？妳只是覺得對我虧欠罷了。」

王子甯在電話那頭有些語塞，她說：「妳不要這樣……」

林芹打斷了她：「我就給妳這次機會！妳這次不走，還要再陪我蹉跎三年嗎？妳走吧！我真的不想再見到妳，不想再跟妳講話，妳就當作是我求妳，不要再打給我了。」

林芹不等王子甯回答，掛上電話，在手機裡把王子甯的號碼設為拒接來電。

聽說，王子甯後來打了一整夜的電話給她，然後第二天就跟追求她的男同學在一起了。

林芹上了一所不怎麼想上的高中，在這所學校裡的每一秒，似乎都在提醒她當初基測時是為了什麼而徹夜難眠。她不怪王子甯，要怪就怪自己的情緒影響了課業，是自己能力不足的結果。

即便讀了男女合校，像王子甯一樣被男人追求，林芹從來沒動心過，她也不知道為什麼。後來她剪了短髮，開始做男生打扮，被一個很可愛的女生告白後，她們交往了！林芹對她很好，就像王子甯曾經對自己那樣好。

「太悲傷了。」Mady說：「比悲傷更悲傷的故事。」

「這就是青春啊。」Bonnie說。

「但是看完這個故事，一定又有人要說『看吧！都是唸女校害人變成同性戀』。」我未卜先知地說：「讀過女校的Bonnie，妳怎麼看？」

「女校確實讓很多人知道，世界上還有別種生活方式。」Bonnie說：「對於會說出『害人變同性戀』這種話的人，即便世界上所有男校、女校都被焚毀了，他們也還是會怪罪別的東西。他們會說，同婚合法害人變同性戀，探討同性話題的電影害人變同性戀，電視節目上男性之間曖昧的節目效果害人變同性戀……只有這世界上所有同性戀都死絕了，他們才會停止怪東怪西，但這根本不可能發生，所以這些人我們不用理他，當作沒聽到就好。」

「也是。」我覺得很有道理，又忍不住追問：「林芹現在幸福嗎？」

「我不知道欸。」Bonnie說：「上大學之後，我就沒怎麼跟以前的同學聯絡了。」

我相信，王子甯真的愛過林芹吧！不是因為女校的關係，而是剛好就愛上了。性取向本來就是一條光譜，人們行走在世界上，隨著環境、接觸的對象、生活的形態改變，情緒與喜好也會隨之波動。有些人漸漸偏向同性多一點，有些人漸漸偏向異性多一點。

而林芹也真的愛過王子甯，愛到她寧願放手，也不想再看到王子甯為了愧疚而被鎖在這段關係裡。

「我希望……」Bonnie看著天空說：「我希望林芹跟王子，現在都過得很幸福。」

Chapter 9

17歲的我們，人生若只如初見

「十七歲的那年，吻過他的臉，就以為和他能永遠。」——五月天〈如煙〉

「我今天又夢到他了。」坐在河濱步道旁的草地上，辰懿啜飲著手中那杯青檸金桔加蘆薈，有些自嘲地笑了：「有時候我會想，到底是我跟我老公哪裡不和睦，所以我才會一直夢見他？還是純粹只是他太讓我放不下了？」

我喝著仙草凍奶茶加珍珠，一邊嚼一邊替她分析答案：「得不到的總是在蠢蠢欲動，妳現在什麼都有了，飽暖思淫慾，才會對曾經從妳手中溜走、給妳帶來很大打擊的他念念不忘吧！」

辰懿想了想，同意道：「也許吧！分手之後，我再也沒見過他。但是，我永遠記得他最後對我說的那一句話……那天的夕陽亮得刺眼，我們在學校門口，後來我一路哭著走回家……」

十年前的辰懿跟郭可鈞是高中認識的。郭可鈞大辰懿兩屆，是個師長口中可靠、穩重的大男孩，在學生會擔任高年級幹部。而辰懿則是那個脾氣有點暴躁、愛冒險、橫衝直撞的高一新生。

後來的他們，分開了。

辰懿很早就開始談戀愛，國中的時候談過兩段戀情，都是朋友之間糊里糊塗地攪和後就在一起。初戀是國一時坐在隔壁的男生，他喜歡唱周杰倫的歌、喜歡打籃球，個性同樣大而化之、熱血又有正義感，當朋友時，兩人之間就有聊不完的話題。後來，他們在一起後，對方也想待辰懿好，然而兩人的自我中心都太重，一言不合就會大吵大鬧。男生不能打女生，於是他會口出惡言，說氣話來激她，然後辰懿會揍他，揍完之後哭了，他又來道歉，求她原諒。

升上國二之後，分了班，兩人聚少離多，辰懿這才驚覺：「不跟他在一起的日子居然這麼輕鬆！」而對方心中似乎也是這麼想的，於是開學不到一個月，就協議分手了。

有了這段火爆的交往經驗之後，辰懿開始轉換口味，嘗試尋找會遷就自己、主見不那麼強、個性溫馴一點的男生當作戀愛對象。

正好，在補習班裡遇上了一個隔壁班的男同學。他的性格很好、人也溫柔，就是英文很爛，於是英文成績向來優異的辰懿便自告奮勇地說可以協助他。兩人接觸的機會多了之後，如辰懿所願，慢慢發展起男女朋友關係。少年的個性有點害羞，談起戀愛的進度也是慢慢吞吞，還是辰懿主動先牽起了對方的手。

正式開始交往之後，少年將辰懿視為公主、女神，無微不至的付出，比辰懿的爸媽還要更溺愛她、呵護她。當辰懿不開心的時候，少年總是先低聲下氣地認錯，然而辰懿看著這樣的男友，只覺得越來越煩躁，越來越看他不順眼。甚至，她懷念起上一段戀情中旗鼓相當的前男友，雖然吵架吵到天崩地裂，至少像一場精采的球賽對決，有來有往。如今這一段戀情，總像是她發球過去，對方根本連接都接不起來的賽局。

但是，少年的真心，辰懿看得見，即便他在氣場上弱她一截，即便他無法在對談上一來一往，但他還是對她非常好。辰懿認為，萬事難兩全，她應該好好珍惜少年才是。

這段關係一直持續到國三下學期，在課業、升學和考試壓力的影響下，辰懿只覺得待在少年身邊的自己越來越暴躁。當她心情不好時，少年永遠只會壓低姿態來安撫、討好她，甚至無條件地讓她把氣發洩在自己身上。辰懿感覺她在這段關係裡逐漸變成了另一個人，一個頤指氣使、任性驕縱、沒禮貌的公主病女孩。

藉著想要好好讀書、專心考試為由，辰懿終於跟少年提出了分手。少年一時無法接受，表示自己願意不吵鬧、不聯絡，等到大考考完，兩人就可以繼續在一起。辰懿只好向他攤牌，將一直以來的心裡話都全盤托出，然而少年無法接受，認為是辰懿玩弄、糟蹋了自己。

兩個人的共同好友也因為這場分手而被迫選邊站，少年不停地跟別人說：辰懿是個壞女生、辰懿傷害了他、他明明一直都對辰懿很好……

那一年，辰懿幾乎是頭也不回地踏進高中校門。所有國中同學，她都不想再聯絡，因為每個人都想從她這裡打聽那段分手背後的真相，美其名是關心，說白了就是八卦。

她總結了一下前兩段關係的利弊得失，認為要怪就怪大家都太年輕、太幼稚，不懂得處理自己的情緒，也不懂得如何跟人相處，一看對眼就急著交往，才會搞出這麼多麻煩來。

「上了高中，一定要選一個優秀、穩重、聰明有趣、溫柔、知進退的好男生，好好談一場戀愛。」辰懿這樣告訴自己。

她基測考得不錯，進入了風氣自由、風評也好的明星高中。在那裡，她認識了從四面八方而來、又會讀書又會玩的新朋友，國中時的同學和朋友們，在她眼中更顯得幼稚了。

第一次見到郭可鈞，是在開學兩個月後的一次「夜衝活動」，活動的主辦人是一年14班的女生，她是郭可鈞的表妹，算是學校的風雲人物，長得漂亮又活潑外放，只是略嫌心機重，聽說她堅決不跟比她漂亮的女孩子做朋友。

這個表妹想認識高三的學長，所以便揪了一大票高一的女生，再由高三的表哥郭可鈞邀請同屆的男生們參加，浩浩蕩蕩地舉辦了一場「夜衝」。

和辰懿比較要好的女同學中有人跟這位表妹是國中同學，於是緣分牽著牽著，就牽到了辰懿。

辰懿從沒參加過這種「聯誼」性質的活動，內心期待無比。那是一個周六，他們一群人先約在熱炒店，吃飽喝足後展開陽明山夜遊的行程。那天，辰懿特地穿上了她最喜歡的裙子、綁了個馬尾，甚至還偷偷擦了一點媽媽的唇膏跟腮紅出門。

在熱炒店裡，郭可鈞坐在她右手邊，左手邊則是全場最帥的學長，辰懿正暗暗竊喜的時候，主揪的女生突然嚷嚷起來，說自己的位置冷氣太冷，吹得頭疼，然後用眨巴眨巴的大眼睛看著穿了一件薄外套的辰懿說：「要不然我跟妳換位置吧！」

這是辰懿第一次見識到攻心計女孩的手段，她也沒什麼好理由拒絕，只好站起來準備換座，卻被旁邊的郭可鈞給拉住：「郭思筠，我的外套給妳就好啦，幹嘛那麼麻煩？」

話甫說出口，有幾個男生開始「猴～～」地起鬨起來，郭可鈞倒是神色自若：「她吼，在家就被我阿姨當成寶在養啦，我每天都被我媽耳提面命，要好好照顧這個寶貝表妹。」他一邊說，一邊脫下自己的外套遞過去。

上菜了，大家開始聊起別的話題，吃到中段，其中一個學長拿出一大罐裝在兩公升寶特瓶裡的琥珀色飲料，咚地一聲放到桌上：「來啦，麥茶啦麥茶，大家喝。」

大家輪流拿杯子出來倒，郭可鈞在辰懿的耳畔小小聲地說：「是啤酒，不能喝的話，妳拿真的麥茶代替。」他從座位下遞來一瓶剛剛在便利商店買的麥茶，有些好笑地說，「他就喜歡叫大家喝酒，每次都這樣，所以我早就準備好備案了。」

辰懿也笑了起來，卻搖搖頭說：「沒關係，我沒喝過，我想先喝喝看。」

郭可鈞凝視著她，臉上浮現一種看似欣賞又若有似無的笑容：「好，妳喝喝看，覺得醉的話，要記得趕快喝水。」

「這個男生，跟我過往認識的男生都不一樣。」辰懿記得當時心裡想著。她喝下人生中的第一杯啤酒，然後是第二杯、第三杯，醉意開始慢慢蔓延，她變得有些飄飄然，然後，就到了抽鑰匙的環節。

今天到場的男孩全部都有機車，辰懿認為這大概是思筠刻意的安排，是聯誼的篩選機制之一。

她一邊揣著這樣的念頭，一邊將手伸進充當籤筒的安全帽裡，隨意地抽出一把鑰匙。結果是帥學長的。帥學長看見辰懿手中的鑰匙，緩緩踱步到她身邊，用有些慵懶的嗓音對她說：「妳運氣好啊，我跟郭可是剛剛唯一沒喝酒的，絕對安全駕駛。」

然而站在另一邊的思筠似乎覺得自己的運氣不好，她扯著帶嬌氣的嗓音，跺著腳埋怨起來：「吼！郭可鈞！我抽到你的鑰匙有什麼鬼用啦！」

辰懿覺得腦袋有點暈卻又熱呼呼的，她看了看身邊的帥學長，又看了看郭可鈞跟郭家表妹，幾乎還來不及察覺自己在做什麼就衝口而出：「我跟妳換吧！」

大家又「吼～～」地起鬨，郭家表妹先是一愣，然後蹦到辰懿身邊：「謝謝

妳~寶貝，妳人太好了！」她給了辰懿一個矯情的擁抱，身上那股淡淡的清香在辰懿心裡烙下了深刻的印象，直到今天，辰懿都還把那種香味稱為「心機女的味道」。

後來的發展很自然也很順利，她坐在郭可鈞的機車後座，抱著他的腰，和大家一起上了陽明山。道別時，互相交換了聯絡方式，開始每天放學後在ＭＳＮ等對方上線的日子。

在學校，他教她數學跟理化，她會去看他打球，替他加油。他帶她一起玩線上遊戲，她則分享好看的小說給他。接下來，他們相約一起去看電影、去西門町逛街、去淡水、碧潭玩……一個半月後的某個黃昏，他在校門口的機車旁，邊幫她扣上安全帽的繫帶、邊捧起她的臉，低頭吻住了她。

跟郭可鈞在一起的日子，辰懿覺得自己就像踏入了另一個世界，一個成熟的、有趣的、新鮮的、刺激卻又安心的世界。她從郭可鈞身上學到了很多東西，比如申請大學的訣竅、歷屆考題的重點綱要、線上遊戲練功的方法、如何跟公館服飾店的老闆娘殺價、知道學校附近哪間漫畫店最乾淨……跟郭可鈞在一起的日子，每一天都是滿足而雀躍的。

當她遇到煩心事或挫折而脾氣暴躁起來時，郭可鈞懂得如何安撫她，用那種成熟、講道理的方式安撫她，就像大人一樣。郭可鈞從不生氣，他永遠知道如何和緩地以理服人。

那一年夏天，郭可鈞沒考上第一志願，還是上了排名前幾名的國立大學。郭可鈞畢業典禮那一天，辰懿送花給他，然後靠在他的胸懷裡撒嬌似地問：「都說高中跟大學差很多，你會不會一進大學就跟我分手？」

郭可鈞抱住她：「我是那種人嗎？妳又不會永遠是高中生。」

帶著一點揣測和憂心，辰懿目送郭可鈞走進大學的殿堂。剛開始一切都很好，辰懿也從郭可鈞那裡預先搞懂了什麼是早七、早八、通識、二一，他們還是會頻繁見面、約會，郭可鈞也會帶她一起跟大學同學或社團好友出去玩。

但是，後來郭可鈞的朋友們開始玩起夜唱、夜店、酒吧，喜歡周五下課後跑去外縣市旅行兩天一夜，於是，高中生的辰懿就慢慢被排除在外了。

慢慢地，他們聯絡的頻率越來越少，約會時郭可鈞總是有一大堆簡訊、電話要回，雖然他放下手機之後，還是對辰懿非常貼心、溫柔，但辰懿也不是個傻瓜，她明顯感覺得出來哪裡怪怪的。

為了更融入郭可鈞的世界，辰懿開始上網觀看大學相關的資訊，上網路聊天室或藉由線上遊戲認識大學生網友，她好想要快點畢業、進大學，這樣郭可鈞才不會離她而去。

如果說，剛跟郭可鈞在一起的時光，美好得像天堂一樣，那麼現在就像置身地獄一般。焦躁的她開始嚴格查勤，留意郭可鈞交友圈的一舉一動，後來有一次，郭可鈞終於忍不住了，面色凝重地對她說：「妳可不可以成熟一點？」

這句話像根釘子一般，直接擊中她最深層的隱憂。她想到國中時，她是如何嫌棄自己的前男友們幼稚、不成熟的，如今，她也成為被嫌棄的那一個嗎？……不，她絕對不要這樣。

為了不讓郭可鈞再嫌她幼稚，她告訴自己不能再過問太多對方的生活細節，每次相處時她也只聊一些高中同學間的事、最近看的小說漫畫連續劇的劇情。當郭可鈞跟她分享自己的大學生活，她總是壓抑著想尋根究柢的情緒，只說些「好有趣」、「好好玩」之類的話語附和。

當時的她不知道到底還能怎麼做，才能不讓郭可鈞跟自己漸行漸遠。

直到很多年後她才明白，**17歲的戀愛，就是兩個沒有見過世界的孩子互相依賴，那種依賴很單純、也很薄弱，牽著的手很輕易就放開了……**

好不容易升上了高三，她與郭可鈞的戀情仍然維持著，偶爾郭可鈞會對她很熱情、很溫柔，但大部分時間都是不冷不熱的，以禮相待。

沒關係，再等一下，再等一下我就進大學了……辰懿每天都這樣催眠自己。她開始發奮讀書，想跟郭可鈞考上同樣的國立大學，她把這個想法告訴郭可鈞，然而他聽到這件事情的時候，臉上卻露出了游移不定的為難表情。

高三那一年冬天，是個異常的暖冬，那天郭可鈞突然說自己在附近，要來學校等她放學。當她在校門口看到郭可鈞時，立刻蹦蹦跳跳地飛奔到他身邊，想跟他分享今天週考的優秀成績。

郭可鈞開口了：「辰懿，妳一定會考上好大學。我相信妳一定可以的，只是，我可能不能再陪在妳身邊了……」

辰懿抬起眼，郭可鈞的身後是高掛在兩排建築之間血紅的夕陽，那顆夕陽怎麼會這麼亮？亮得她睜不開眼，使勁想要努力盯著他的臉，卻被光線刺得淚流滿面。

辰懿沒有問為什麼，她內心深處是明白的。就像國中時她等不及要跟男友分手一樣，郭可鈞的心情大概也是這樣吧。

最後，她苦澀地說：「……所以，高中跟大學，果然還是沒辦法走下去嘛。」

郭可鈞嘆了口氣：「對不起！辰懿，總有一天，妳會發現這個世界很大。」

不用到總有一天……辰懿在心裡說：「我一直都知道這世界很大，你讓我看見了這個世界的一角，光是這一角就已經讓我願意用全部青春去愛你。天知道，你在大學裡遇見了什麼樣的人事物，讓你再也回不到我身邊了。」

郭可鈞抱了抱她，說要送她回家。

她搖了搖頭，一邊忍住淚、一邊笑著說：「都說分手了，何必再送我回家呢？」然後她朝郭可鈞揮了揮手，「掰掰。」

轉過身，她一路哭著走過那條車水馬龍的大馬路。

她不怪郭可鈞，只覺得好可惜。如果，自己可以再成熟一點；如果，當初她不要那樣疑神疑鬼……

如今說什麼都沒用，後悔也於事無補，他們之間就此道別了。

辰懿將所有的悲傷都化為讀書的力量，後來她考上第一志願，唸了比郭可鈞更好的大學，終於見識到什麼是「更廣闊的世界」，然後在那裡邂逅了現在的老公，一個穩重踏實、親和顧家的憨厚男子。

十年後的今天，辰懿已經是計畫著要懷第一胎的人妻。就在她跟我說她夢到郭可鈞的那天下午，我正坐在辦公室，手機傳來她的LINE訊息：「我的天啊！郭可鈞加我臉書好友，難道那個夢是預知夢嗎？」

隔著手機，我都能感受到這位人妻內心的興奮與鼓譟。

「喂！妳已經是人家的太太了，給我收斂一點。」

「我知道啦！又沒有要怎樣，聊聊天而已啊！」

郭可鈞說，他加了幾個高中同學，這才看見了辰懿的臉書。他說她都沒變，保養得真好，還是當初那個漂亮、迷人的模樣，說自己那一天在熱炒店，一眼就看中了她。

兩人開始在臉書上聊得火熱，辰懿覺得自己像是回到高中那年，每天在MSN跟郭可鈞聊到被媽媽轟去睡覺的那段日子。突然出現的舊情人，讓辰懿感到整個人又青春起來，回憶在她心中被塗上了一層美化的濾鏡，她甚至語帶感性地告訴我們：「後來想想，也許我這輩子真正轟烈愛過的……只有郭可鈞一個人。」

Mady開口嗆她：「別開玩笑，妳老公當初開賓士追妳的時候，妳還不是一臉花癡的跟我們說『這才是我理想的愛情』，我都還記得咧！」

「吼唷！」辰懿拍了Mady一下：「就讓我陶醉一下不行喔！」

當然可以。我們身為姊妹，自然不會阻止辰懿陶醉一下，甚至我們由著她去陶醉了很多次，直到她跟我們說她和郭可鈞約好了見面。

「欸，妳老公知道嗎？」那是個周日的傍晚，我們坐在義式料理餐廳裡面，辰懿畫上了特別漂亮的妝，穿了一件特別有女人味的連身裙。

「不知道啊。」她說：「我只跟他說我今天要出來跟妳們聚會，反正我去見完郭可鈞之後，還會回來找妳們嘛！」

Mady一臉擔憂的看著辰懿，欲言又止了半晌，才無奈地嘆了口氣：「妳可千萬要早點回來，妳要是去開房了也別跟我說，我對妳老公的印象還是滿好的。」

「好，我不會跟妳說的。」辰懿眨了眨眼。

她這句超危險的回答，讓我們不得不用警告的眼神望向她。她這才補上一句：「吼！我不會對不起我老公啦！」

晚上六點半，她拎著名牌手提包，歡天喜地地跑去跟舊情人見面了。

我們和辰懿認識時，大家都已經是二十四、二十五歲的人了，即便快樂也是帶著世故的快樂，從來沒見過辰懿臉上那抹飛揚的神采，我雖然打從心底祈禱她跟郭可鈞不要擦槍走火，卻也悵然於那份只屬於青春的悸動。

時間一分一秒地過去，我和Mady一邊喝著白葡萄酒、一邊吃著義大利麵，不管開了什麼話題最後都會回到辰懿身上，在辰懿出去的這段時間裡，我們說了不下十次的「希望她別幹出什麼事來。」

誰知道，兩個小時後，辰懿回來了，臉上又變回那種司空見慣的世故。

「怎樣？」我跟Mady異口同聲地問她。

「他變了好多。」辰懿聳了聳肩：「我記得他是很有魅力的，但他現在看起來好普通，在科技公司當業務，額頭有點禿。他想跟我聊他的工作，我聽了半天只覺得像流水帳一樣。我想跟他分享我去年的歐洲行，他卻只回說『多少錢啊？』、『妳都不用上班？』、『歐洲很多扒手不是嗎？』……」

我跟Mady望著辰懿，她眼裡那些靈動飛揚的青春痕跡都不見了，只有如夢初醒後的現實。我們沒講話，等待辰懿繼續說下去。

「我覺得……」辰懿看了看我們，稍微想了想，總結了一下自己的感受：「我們果然已經走進不同的世界，再也沒辦法看見一樣的東西了。」

她舉起手，叫來服務生點了一杯白葡萄酒，然後嘆了口氣：「也好，人生若只如初見吧。」

Chapter 10

美夢不成真女孩的自救指南

我在街上遇到了她。

那是個二月天，當時正在對岸肆虐的病毒令人聞風喪膽，家家戶戶盡量能不出門就不出門，我連外賣都不叫了，天天在家煮飯，結果洗碗把菜瓜布都用爛了，只好出門去買。

誰知道，就遇見了她。那個小學同班、與我同年同月同日生的女孩。

她牽著將滿十歲的兒子，兩人都戴著口罩、一副神色匆匆的模樣；我們在擦肩而過時驚鴻一瞥，雙方都是一愣。

我跟她之間，過往的回憶實在不能稱得上「愉快」，套句現在的網路用詞，就是「塑料姊妹花」。小學六年級，孩子們心裡開始產生一些較為複雜的情緒，學校、課業、人際關係都是情緒的催生劑，一不小心就弄得人仰馬翻。

「哈囉。」我說，給了她一個真誠的微笑。

她看上去鬆了口氣：「嗨，好久不見。」垂眼看了看兒子：「這我小孩啦，快叫姊姊好！」

我噗哧一笑：「叫我姊姊的話，這輩分可就亂七八糟了，還是叫我阿姨吧。」

我彎下腰，跟那孩子打招呼。

寒暄了半天，她突然看著我，苦笑了起來：「謝謝妳。」

我嚇了一跳：「怎麼了？」

「妳沒有問我什麼時候結的婚。」她說：「去年忘記是誰揪了一場同學會，大家臉書一加，看到我小孩的照片，都在問我什麼時候結的婚、老公長得帥不帥，後來我才發現……其實大家都是知道的，明知故問，無非是想迂迴的探聽八卦罷了。」

這下輪到我苦笑了。同學會這件事我有聽說，當時人在國外沒有參與，沒想到大家都這個年紀了，還那麼幼稚。

我正想開口，她卻雙手一攤：「也不怪他們啦！」她嘆了口氣，「我以前人緣那麼差，也是活該。」

「什麼活該不活該的，」我說：「小學生，誰又真的懂得怎麼交朋友？」

「也是……」她無奈一笑：「妳會不會覺得，人生中所有曾經懷抱過的美夢，最後都落了空？」

我一愣，怔怔看著她，不太確定該怎麼回答，半晌才回道：「當然會有落空的美夢，**但是只要活著，依舊會有好事發生。**」

她沉思了一下，問我：「妳想聽聽看嗎？我的故事。」

她叫朱孟禎，爸爸常常不回家，媽媽跟外婆重男輕女偏寵弟弟。

她從小就知道自己長得不好看，因為媽媽跟外婆總是這麼告訴她：「妳喔，就是像到妳那個死老爸啦！妳看弟弟像媽媽多好？長得多帥啊！妳那個塌鼻子就是遺傳到妳爸。」

這樣的批評，朱孟禎天天聽，聽久了也學會在心裡覆誦——「長得醜，就沒人愛」。

她從來不曾客觀地審視過自己，她對自己的所有觀感和評價，都來自家裡那兩個講話前不經過大腦的長輩。

小學時她的成績不好，班上有個男同學畫畫很厲害，有個女同學在運動場上大受歡迎，她也想要變成那樣，但是左模仿、右嘗試，卻好像什麼都追不上別人。

小學六年級那年，她喜歡上同班那個文采超群的男孩，鼓起勇氣寫了情書，結果變成男生們公開傳閱的笑柄。

那個男孩綽號李白，本名李柏宇，是個好男孩。

朱孟禎把情書偷偷塞進他的抽屜裡，李白上課前要拿課本，隨手一抽就掉了出來。好死不死，李白旁邊坐著全班最愛瞎起鬨的搗蛋鬼，立刻就眼尖地看出了粉紅信封、愛心貼紙所代表的意思，非常用力地拍了李白一掌，竊笑著說：「有人收到情書唷！」

李白有點不好意思，彎腰把情書撿起來，塞回抽屜：「不要吵啦！」

李白後面坐著副班長，他跟李白同時都暗戀著班長，也就是那個在運動場上大放異彩、讓朱孟禎豔羨不已的女生。

李白最近跟班長走得很近，副班長生怕情書是班長寫來的，於是趕忙湊上來，換上一副滿不在意的八卦態度：「欸欸欸，快點打開啦！說不定是L寫的啊！」班長姓林，L是他們之間給她取的暱稱，以免男生之間的悄悄話被女生給聽到了。

副班長這一番話，勾起了李白心裡的期盼，本來想下課後悄悄躲去廁所看的念頭被拋到九霄雲外，他拿出那封情書，在三個人的目光注視下打開來。

他其實還沒看到情書最後的落款，只看到最前面兩行——「Dear 李白，其實我一直很喜歡你，我覺得你很優秀、很厲害……」然後就被搗蛋鬼的一聲驚呼給打斷了。

「是朱孟禎寫的！是朱孟禎寫的！」搗蛋鬼指著情書右下角的「朱孟禎上」，興高采烈地叫了起來。在寫這四個字的時候，朱孟禎特地換上了粉紅色珠光筆，把自己的名字寫得小小的，跟開頭鄭重寫下「Dear 李白」的筆跡完全不同。

副班長鬆了一口氣，開始調侃起李白：「欸，你跟朱孟禎很熟喔？看不出來她喜歡你欸！但你喜歡L吧？怎麼辦？」

這一切都發生得太快，李白原本期待情書會是心上人寫來的盼望破滅了，一股巨大的失望籠罩住他，隨之而來的是氣惱。幹嘛？自己居然對暗戀這種羞羞臉的事情，懷抱了這麼大的希望？

他來不及仔細思考，就衝動地做出了反應。他將朱孟禎的信揉成一團，往地上一扔：「無聊！」

之後，李白就後悔了。自己到底在做什麼？那好歹也是同班同學的一片心意。

副班長跟搗蛋鬼也是一愣，大家心裡都浮現同樣的想法。副班長打算退回自己的位置上，假裝沒有目睹這一切，反正情書不是L寫的，他可以高枕無憂了。

李白想把信撿起來，可是他不確定這樣一撿，會不會被誤認為喜歡朱孟禎？他不討厭朱孟禎，也不喜歡她，他喜歡的是班長，他不想要被傳一些奇奇怪怪的八卦。

正當他猶豫不決時，搗蛋鬼把被揉成一團的信撿起來，回頭大喊：「朱孟禎！李白把妳的情書丟到地上！」

接下來的一切都像噩夢一場，全班都聽見了搗蛋鬼的話，大家開始湊上前來你一言、我一語。

「什麼情書？我要看！」、「李白你那天說有喜歡的人，該不會就是朱孟禎？」……

這下子李白更不敢發話了，有人想搶搗蛋鬼手上的情書，搗蛋鬼左閃右閃，像在玩球一樣，鬧得不亦樂乎。

朱孟禎衝上前來，一把推開那些搶來搶去的男生，兇巴巴地衝著搗蛋鬼說：「還給我！」

「不還又怎樣？咧咧咧！」搗蛋鬼揮舞著雙手：「丟到地上就是垃圾，我撿到就是我的啊！」

朱孟禎氣極了，一把將搗蛋鬼的鉛筆袋也撥到地上：「那這個也是垃圾囉？我撿到就是我的囉？」

搗蛋鬼被挑釁後，不甘示弱地說：「好啊好啊，妳要就撿走啊！」

朱孟禎拿搗蛋鬼莫可奈何，眼看就快要哭出來，她用力一跺腳，尖叫道：「你還給我！那是我的！」

李白心裡又懊惱又生氣，這群人是白癡嗎？他盡量用最事不關己的態度抬起頭來：「你還給她啦！」

「在一起！在一起！」圍觀的同學們開始起鬨。

搗蛋鬼嘻嘻一笑：「好啊！你承認喜歡她，我就還給她啊！」

朱孟禎不說話了，她看著李白，全班也在等著李白回話，他環顧四周，卻看見班長剛抱著一疊老師改好的作業走進教室。

搗蛋鬼又開始嘴砲：「幹嘛？害羞不敢說喔？」

班長開始看向這裡：「你們在幹嘛？要上課了，趕快去坐好！」

有人喊了回去：「李白要跟朱孟禎告白！」

李白站起來大吼：「你們煩不煩？我不喜歡朱孟禎，我也不想收她的情書！要上課了，你們不要那麼幼稚，回去坐好好不好？」

老師走了進來，結束了這場鬧劇。

那堂課上了什麼，朱孟禎早已不記得了，她只記得自己坐在位子上一直哭、一直哭。李白從此之後再也沒跟她說過話，每當她去找李白講話，他總是匆匆忙忙地逃走或是裝作沒聽到。

後來，朱孟禎喜歡上另一個男生，一個坐在她隔壁，總是以「肥宅」自居的胖胖動漫迷。喜歡他沒有什麼原因，只是因為那男生每次帶零食來，都會貼心地分朱孟禎一點。

喜歡李白的原因有好多好多，因為他又高又帥、成績優異、文采傲人、幽默風趣，又會打籃球……李白有好多優點，但是他對自己不好，就像媽媽跟外婆一樣，李白傷害她的感受，不在乎她的心情。

肥宅對她好，所以她向肥宅告白了，結果被肥宅拒絕，他說他只喜歡初音。

「我要去找一個對我很好的男生。」朱孟禎對於擇偶的想法，就是在那時候建立起來的。

上了國中，一個正在跟班花交往的男生，願意在下課後捺著性子教朱孟禎數學，她以為這就是愛情，於是鼓起勇氣偷親了對方的臉頰，結果下一堂下課，朱孟禎就被班花故意伸出腳絆倒，跌了個狗吃屎。從此，「不要臉！搶人男友！」這個稱號，就被貼在朱孟禎的身上。班花人緣很好，於是朱孟禎一路被霸凌到國中畢業。

上了高中，有幾個之前霸凌她的國中同學在隔壁班，當他們還想來找她消遣時，同班一個小混混模樣的男孩卻挺身而出。

她至今都還記得那男生站在教室門口，嚼著口香糖大罵：「×你媽啦，想動我班的，先過我這關再說啦！」

那個男生叫蔣以齊。他問朱孟禎：「他們幹嘛找妳麻煩？」

朱孟禎把所有的一切都告訴了蔣以齊，講到最後，她哭了起來：「反正我就是沒人愛。」

蔣以齊超用力地彈了她的額頭一下：「講那三小？我愛妳啊。」

終於，朱孟禎人生第一次戀愛了。蔣以齊是那種江湖味很重的問題學生，於是朱孟禎也跟他一起流連在街頭，出入那些被家裡的人知道肯定會被打斷腿的地方。

但後來家裡還是知道了，彼時外婆已經過世，爸爸仍舊不愛回家，而媽媽則一心想讓弟弟考上建中，在知道朱孟禎跟小混混談戀愛之後，狠狠地打了她一巴掌，罵道：「不知檢點！跟妳爸一樣！」

朱孟禎心想：「好啊，我跟爸爸一樣是吧？那我就跟他一樣，也不要回家好了！」

她把這些事告訴蔣以齊，蔣以齊一把將她摟在懷中：「幹嘛回那什麼爛家？妳是我的女人，當然跟我住啊！」

當晚，朱孟禎就收拾行李離家出走。媽媽質問她要去哪，她惡狠狠地衝著媽媽大喊：「爸爸不回家，都是因為家裡有妳這種人！」

故事說到這裡，在我面前的朱孟禎用手背抹掉了眼淚，「我很後悔說了那句話，但我更想知道，我媽到底有沒有後悔過？我覺得她毀了我一生……」

跟蔣以齊同居之後的一個月，是朱孟禎從小到大最快樂的日子。他們隨心所欲地蹺課、拿假ＩＤ泡夜店、跟蔣以齊的朋友喝酒、唱ＫＴＶ。大家跟蔣以齊很好，所以也對朱孟禎很好，她覺得自己得到了全面的接納。

一個月後，向來不做防護措施的蔣以齊，讓朱孟禎懷孕了。朱孟禎想拿掉，蔣以齊一把將她推上了牆：「去你的，那是我要好好照顧的小孩，妳給我好好生下來喔！聽到沒有？」

那時候，《戀空》這電影剛剛在台灣流行，蔣以齊那番逞能之話說得認真，朱孟禎不知怎地就信了。

那是高一下學期，一整個學期下來，同學和老師都沒發現本來就瘦的朱孟禎體內正在孕育另一個小生命，唯一的異樣就是朱孟禎不抽菸也不喝酒了，朋友們都會調侃地說：「幹嘛？轉性喔？」然後，蔣以齊就會兇巴巴地回嗆：「怎樣？我女人想健康不行嗎？」

每次蔣以齊替她講話時，朱孟禎都會忍不住含笑凝視他，心想，「這是我的初戀、我此生唯一最愛的男人」，那種被保護的幸福感充滿了內心。

暑假來了，朱孟禎的肚子也逐漸隆起，兩個大孩子終於開始意識到是時候思考孩子出生後該怎麼辦了。

「乾脆輟學好了？」朱孟禎說：「反正大學也考不上，我可以去打工賺錢。」

蔣以齊想了一想：「我認識的那個林大哥，就上次跟我們去錢櫃唱歌的那個，他在找年輕人跟他一起賺錢，不然我去問問看？兩個人都有錢比較好吧？我如果像林大哥一樣賺大錢，妳就可以在家帶小孩，過輕鬆的日子了。」

蔣以齊聯繫了林大哥，一個禮拜後，他開始在林大哥投資的酒店工作。

林大哥告訴他，在酒店得從基層做起，但總是比去外頭打工、累得要死要活來得好賺。若是想要錢來得更快，林大哥還有賣藥的生意，只是這種犯法會被關的事情，他勸蔣以齊不要做，畢竟家裡還有老婆和即將出生的小孩。

朱孟禎聽了，緊抱住蔣以齊：「我男人對我最好，一點一點賺，我們可以的！你不要碰那些會被抓去關的事！」

蔣以齊給了朱孟禎一個深吻：「廢話！我是笨蛋嗎？我被抓，妳跟小孩怎麼辦？」

當時的蔣以齊還是那個雖然有點江湖味、愛逞義氣，但依然涉世未深的少年。

然後，蔣以齊開始一點一滴地被周遭的環境改變了。

他接觸三教九流的人多了起來，有一擲千金的大老闆、也有開名車的藥頭，有鬱鬱寡歡的上班族，也有替老大幹骯髒事的兇狠大哥，他們流連在酒店小姐們的溫香軟玉之間，時不時會說起一個話題，那就是結婚有多累、老婆整天管東管西有多煩、男人還是單身自由自在最好，想玩什麼就能玩。

蔣以齊外型不差，也喜歡幫助弱小，有些酒店妹開始向他示好，想要跟他搞曖昧。那些酒店妹頂著香噴噴的濃妝、洋娃娃般的捲髮、雪白豐滿的胸部，而蔣以齊總是拒絕，然後那些酒店妹就會笑他：「新好男人喔？」

他也交了一些藥頭朋友，大家年紀相仿，常常一起鬼混。那些朋友可以買很貴的潮衣、潮鞋，在夜店豪氣地說今晚他們買單，相較之下，蔣以齊只能把錢存下來，因為朱孟禎要產檢、小孩出生要買奶粉、幼兒車……朱孟禎還想讓小孩學畫畫跟音樂，蔣以齊不懂，學那些幹嘛？他的朋友們沒一個懂藝術或音樂，還不是過得光鮮亮麗、走路有風？

有一天，蔣以齊的腦海裡突然浮現一個想法——要是沒有朱孟禎，那該有多好？

他被自己的想法嚇著了。對他來說，這是個不負責任、大爛人的想法，可從那天之後開始，這個念頭就在他腦中揮之不去。

聖誕節來了，電影院上了一部浪漫愛情片，朱孟禎嚷著想看，蔣以齊帶她去，掏錢買了兩張電影票，在電影的最後，男主角向女主角求婚了。

散場之後，朱孟禎在寒風中問他：「我們要結婚嗎？」

蔣以齊感到一陣厭煩。腦海中浮現起那些在酒店抱怨婚姻的男人，他彷彿可以聽到他們的話猶在耳邊：情願沒結婚、老婆又煩又醜、外面野花有夠香……

想到野花，他想起酒店新來的小姐Candy，Candy在讀大學夜間部，她沒有什麼爸爸欠債、弟弟罹患絕症之類的故事，純粹只是想賺多一點錢，所以才來酒店上班。她說：「這世界只能靠自己啊，我很好很貴，所以我想買的東西也很好很貴，沒人會幫我買，既然這樣，我自己出來賺有什麼不對？」

蔣以齊覺得Candy確實很好很貴，所以在Candy被酒客非禮的時候，他會特別去幫忙。他想保護這個女生，讓她在這個只能靠自己的世界裡，不要再講出那麼讓人心疼的話。

朱孟禎等他回答等得不耐煩了，搖了搖蔣以齊的手：「幹嘛不回答？你是不

是不想娶我？」

朱孟禎的口氣有點衝，這是她一直以來心裡最大的恐懼，她最近常常夢到蔣以齊不要她了，然後從夢中驚醒。此時蔣以齊通常還在酒店工作，她驚醒後只能一個人對著寂靜的四周，倒一杯涼水，坐在陰暗的小套房中嘗試告訴自己要冷靜。

朱孟禎的口氣讓蔣以齊更加煩躁，他隨口敷衍：「等我賺大錢就結婚啊！那麼沒耐性？沒錢怎麼結婚？」

「所以你有想要娶我囉？」朱孟禎湊到蔣以齊面前問：「會單膝下跪那種嗎？」

蔣以齊想起Candy那天穿著高跟鞋，右腳扭到了，單膝跪在地上揉著腳踝，他問：「沒事吧？」她吐了吐舌頭：「很痛欸，你要背我嗎？」

「會啦會啦，妳好煩！」蔣以齊皺起眉，扶著朱孟禎走向停機車的地方。

朱孟禎開始覺得蔣以齊對她不一樣了，她的感受被漠視、她的問題被敷衍，但是，她不敢讓自己這麼想，生怕一想就會成真。她把情緒隱藏起來，對待蔣以齊的態度開始變得彆扭，有時候她會莫名其妙地生氣，然後被蔣以齊反擊，為此兩人常常發生爭執，而結局總是蔣以齊摔門離去，把她一個人留在屋內痛哭。

兒子出生的那一夜，蔣以齊從酒店匆匆趕到醫院，他身上有酒氣、有菸味、有女人的香水味，朱孟禎在床上抱著那個軟軟的、皺巴巴的小生命，累極地跟他說：「我們還沒幫他取名字耶！要叫什麼？我想叫他蔣以旭，很像韓國藝人的名字，超帥的……」

蔣以齊看了看小嬰兒，看了看朱孟禎，然後做了一個決定，他沒辦法再這樣下去了。

他無法承擔這一切，他已經不愛朱孟禎了，他一點也不想做爸爸，他想要賺大錢、開豪車、睡不同的女人，他才不要這麼早就把自己逼進了人生的終點。

「禎禎，妳聽好……」蔣以齊走到床前：「我存了大概三十萬，都給妳了。房子租約還有五個月，我會繼續付房租，妳可以住在那裡，但是我不覺得我能夠做一個好爸爸，為了小孩著想，我還是離開比較好。」

朱孟禎已經忘了接下來說了什麼，大概是混亂的質問、哭喊著逼迫要蔣以齊解釋，要蔣以齊發誓沒有愛上別人……她努力想證明蔣以齊沒有不要她，沒有像其他人一樣辜負她的感受、漠視她的需求……

最後她聽見自己尖聲大叫：「你說的好好照顧呢？你說的愛我呢？你們男人為什麼都這樣？你還說要賺大錢？你都在騙我！」

而蔣以齊怒吼著回應：「×你娘咧，要不是帶著你們兩個拖油瓶，我早就賺大錢了！」

到底是哪裡出了差錯？朱孟禎想下床去追，但她又痛又累、兩腳顫抖，最終還是絕望地倒回床上。

她為什麼會相信蔣以齊呢？她為什麼總是成為被拋棄的那一個呢？她的命為什麼那麼苦？

她到底哪裡不夠好？她為蔣以齊付出了全部，得到的是什麼……

她想去死，但是懷裡的孩子那麼嬌小、那麼溫熱，她撕心裂肺地痛哭，把臉頰輕輕貼在孩子的額頭上，直到護士進來抱走小孩，問她需不需要什麼。

她不知道自己需要什麼，她只知道自己是個不被愛的失敗者，一無所有。

朱孟禎帶著孩子回到家時，蔣以齊已經搬走了。他將三十萬現金放在桌上，沒有任何紙條，還換了手機號碼。她從來沒去過蔣以齊工作的酒店，即便知道酒店在哪，她會去找他嗎？不會吧，她只想離得遠遠的，帶著她的孩子，好好生活下去。

最終，她回到了媽媽的家。弟弟沒考上建中，上了師大附中，媽媽不太滿意卻也接受了這個事實。媽媽看見自己的孫子，問說：「孩子的爸呢？不要妳了？」

朱孟禎沒說話，孩子哭了起來，媽媽過來抱走：「小孩餓了也不知道，妳還想怎麼當媽？吃虧了才想到要回來，你們都一樣，不知感恩的東西。」

朱孟禎做完月子後，去打工賺錢。

朱孟禎沒回去上學，輾轉在餐廳、服飾店之間打工，一邊吞忍著媽媽的數落。她確實就像媽媽說的那般沒出息、活該被男人騙，最終還要靠媽媽養小孩。

這些數落她都可以忍耐，最不能忍受的，是媽媽偶爾會突然心血來潮、話鋒一轉，開始譏諷她：「是我沒教好啦，把妳這個女兒教成這樣，妳喔！就不要這樣教妳兒子，省得跟妳一樣沒出息！」

每當媽媽這樣說，朱孟禎就會炸毛！她不知道自己憤怒的點是她不想成為跟媽媽一樣的母親，還是因為別的原因？

18歲那年，在外面花天酒地半輩子的爸爸得了糖尿病跟高血壓，終於回家了。

爸爸回來之後，媽媽的脾氣更壞了，兩個人老是吵架。看見他們吵架，朱孟禎會回想起跟蔣以齊的爭吵，她突然有點明白媽媽了，媽媽跟她一樣，也知道爸爸對自己不好、漠視自己的需求、不在乎自己的感受……

但是她還是無法諒解媽媽，她覺得是媽媽活該！在她的印象裡，小時候爸爸會帶禮物回家、會說笑話，大概到她上小學二年級為止，爸爸是不曾缺席的。爸爸會變成現在這樣，一定是媽媽逼的。

然後，轉念她又想，蔣以齊後來會變成那樣，也是她逼的嗎？

每當心裡產生這種想法時，就是她最想死的時候，偏偏家裡的氣氛讓她一再產生這種念頭，而弟弟藉口要專心考大學，讓媽媽給他在學校附近租了個房子，從此很少回家了。

「好啦，回來一個老的，走了一個小的，你們都不知感恩啦！」媽媽從早念到晚，最後朱孟禎牙一咬，掐著為數不多的薪水，再度搬出了這個家。

這一次，她不打算回去了，也不想再跟那個家有任何瓜葛。她一邊工作、一邊上夜校，把高中讀完。她又遇上了幾個男人，學會分辨什麼是滿嘴甜言蜜語只想打炮的男人，什麼是根本不知道自己在幹嘛的幼稚男孩，或是嘴上說可以接受她有小孩最後還是嚇跑的軟弱男生……到後來，她根本不用跟他們交往，單看舉止談吐，就能知道他們屬於哪一種類型。

她未婚懷孕、沒讀大學、工作不體面……沒什麼在婚戀市場上拿得出手的條件。不過，這又有什麼關係呢？她更願意把所有的愛都給兒子。她努力存錢，省吃儉用，給兒子買童書、買好看的衣服、買益智玩具，她想讓兒子學畫畫、學音樂，但她也知道，那些才藝很花錢。

她找到一個網咖的工作，月薪倒是不錯，工作也相對簡單，不用像餐飲業忙到吐血、應付奧客，也不像服飾業那麼多人搶著做，競爭激烈。

生活穩定下來後，逐漸成了一成不變的日升月落，她回想過少女時期對成年後生活的美好憧憬，發現全部落了空。

但是她沒有絕望，她在工作上認識了很多好朋友，透過這些好友認識了更多真心的朋友。她現在懂得如何打扮自己，也學會有人對她展現出一點點漠視、想要壓榨她的時候，據理力爭地捍衛自己。她知道對陌生人來說，她不好相處，她很兇，但她必須這麼做，才不會被欺負，任由人擺布。

她可以很驕傲地說，她是個全靠自己打拚的女人，日子也過得不錯。

有一次兒子告訴她，在幼兒園跟同學吵架，有個同學笑他沒爸爸，覺得很委屈。她衝到學校理論，老師向她解釋只是孩子之間口沒遮攔的玩笑話，保證會嚴加管教這些孩子。

她搖了搖頭，態度強硬地告訴老師：「請妳叫對方家長來一趟。」

對方家長來了，朱孟禎本來想罵人，但看著那個訕笑兒子的孩子怯生生地瑟縮在母親身後，突然心裡一軟。

最後她嘆了口氣，和緩地說：「小旭沒爸爸，是因為我經歷過不好的事，但我夠堅強，把他照顧得很好，請你們不要對小旭亂講話。」

那孩子有點生氣地冒出頭來說：「我沒有亂講話，他就是沒爸爸！」

朱孟禎蹲下來，看著那孩子：「小旭有兩個乾媽、一個乾爸，都會給他買玩具、照顧他，對他很好，你有嗎？」

那小孩鼓起臉，不講話了。

朱孟禎繼續說：「但是，我們沒有笑你，**每個人都有別人沒有的東西，別人有的東西我們也未必一定就要有**。」朱孟禎看著那孩子的包子臉，突然想起包包裡還有給兒子買的牛奶餅乾，看了看對方家長，說：「這個送給他，可以嗎？」

對方媽媽突然眼眶紅了起來，然後叫孩子跟朱孟禎說謝謝。

小孩拿了零食，有些不明白狀況地笑了：「謝謝阿姨。」

「那你可以跟小旭好好相處，不要讓別人欺負他嗎？」朱孟禎問。

「嗯！」那小孩點了點頭。

走出幼兒園辦公室大門的時候，對方媽媽走上前來拍了拍她，小聲地說：「對不起，我從來沒教過我兒子說什麼沒爸爸的話，真的很抱歉……」

朱孟禎拍了拍對方的手臂：「我們家沒爸爸是事實，我只是不希望小旭認為這是一件壞事。」

看著坐在我面前的朱孟禎，我能理解那個媽媽為什麼會眼眶泛紅。朱孟禎身上有種感動人心的、讓人不捨的堅毅。

「以前的一切，妳都走出來了嗎？」我問。

「不敢說都走出來了啦！」朱孟禎說：「為了栽培小旭，我去上了一些培訓課程，跑去百貨公司當櫃姐，認識了很多以前沒有機會認識的人，他們跟我推薦一大堆學佛、靈修、心理治療的書，我全部都看了一遍。後來我慢慢整理，找到了能夠讓自己比較想得開的方法。」

最後，她拿出手機給我看，裡面是她跟一個樣貌端正的男生一起摟著兒子，三人都笑得開懷的照片：「放寬心之後，也比較容易遇到好的人，這我男友啦，我們準備去公證了。」

起身之際，我忍不住問她：「為什麼要跟我說這些？」

朱孟禎看著我，眨了眨眼：「小時候我很嫉妒妳，因為我們同年同月同日生，但妳是優秀漂亮的那一個。長大後，我知道妳曾經也是想看我笑話的人，但妳現在不想看了，對吧？」

我坦誠地說：「幼稚的人、見識短淺的人、不懂愛的人，才想透過別人的落魄來取悅自己。現在的我很欽佩妳，妳是個強大又勇敢的人。你們一定會幸福的！」

「謝謝。」她說：「有妳這句話就夠了，對於以前的一切，我好像也更釋懷了。」

她接著說：「當人生無法被自己掌控，美夢就會一個個幻滅，繼續去糾結，只會更迷失。**我們都是平凡人，所以更要勇敢地去愛人生中的不完美。**」

她的最後一句話，久久地迴盪在我的腦海裡。

Chapter 11

電競圈，
傳說中真亂的貴圈

對於認真工作、付出奉獻的人員來說，這是一個讓人能夠保有赤子之心的產業。對於名氣、成就、流量來說，這是一場小朋友的狂歡。

江雨河在成為電競選手之後，才透徹的明白了為什麼電競圈這麼多亂七八糟的八卦，因為他們都是一群還沒長大就成了rock star的孩子，金錢、誘惑、情緒、壓力、虛榮、自以為是……這些在成長的過程中，需要有人來好好引導、型塑的重要部分，往往在這個圈子裡缺失了。

剛進電競圈的時候，他只是個沉迷於遊戲、醉心於賽場上廝殺的少年，他不懂打扮，戴著厚厚的粗框眼鏡，將一雙後來被女粉絲形容為「電眼」的狹長杏眸給完全遮住；頂著一頭如雜草般的鳥窩頭，卻懷揣著一顆想築夢、想自我成就的心。

後來，在當年的新人選手裡，江雨河憑藉著實力嶄露頭角，也因為要拍戰隊宣傳照，終於有造型師勸他換髮型、拿下眼鏡，在一眾樣貌普通的少年中，他發現自己屬於那個顏值稍高、實力略好的類型。

自信心慢慢膨脹，賽場上越來越得心應手，戰績越來越好，評價越來越高，人氣也快速攀升，就在這個時候，他體驗了人生中第一次被女生「倒追」。

現在想想，那女孩當時跟他同樣不成熟，她是他的粉絲，常常到比賽現場來看他，而台北電競館的場地偏小，在為數不多的觀眾中，稍有特色的很容易就能讓選手留下印象。

她在觀眾席裡，舉起手機秀出他名字的跑馬燈，一邊又害羞地將臉遮住。比賽結束後，她會跑過來和他講一兩句話，然後又慌慌張張地告別，生怕被他認為是怪人。

他生日那天，隊伍表現不佳，輸掉了整場賽季最重要的比賽。離場的時候，他看見她坐在角落的位置上哭，於是過去遞了一張面紙，而她抬起一張哭成包子的小臉：「你還好嗎？我知道你很努力了！」

在往後的人生中，他輸掉過很多場重要的比賽，也在輸掉比賽後得到過很多女性諸如此類的慰問關心，但是，全都比不上第一次的動心。

那天是他的19歲生日，他看著17歲的她，突然發現這世界上居然有人會為了他的榮辱、他的失落而掉淚，那是一種感動、詫異夾雜著虛榮的感覺，再加上方才輸掉比賽的憤怒、自責、焦慮，五味雜陳而強烈的感受，全部交織在一起之後，這種生動的情緒體驗，被他當作了愛情。

他跟她要了聯絡方式，然後他們就在一起了。

他的第一次、他的初戀、他的幼稚與自以為是，統統都給了她。後來，他的名氣越來越大，私生活也受到關注。交往半年後，在論壇上有網友發爆料po討論「江雨河女友超正，484人生勝利組R？」

這名發po的網友，附上了她在社交媒體上發布的幾張清涼照，於是她的帳號一夕之間粉絲量爆增，兩周後，她決定開台，正式成為一個電競實況主。

搭載著他的名氣，她幾乎是無痛度過了萬事起頭難的新人期，不到三個月就躋身「知名實況主」的行列，靠著實況斗內、商案合作，收入超越一般上班族。

後來回想，他們的感情，彷彿也是從那時候開始就變了。

她認識了一些有錢的「乾爹」（在實況中大額斗內的觀看者），也擁有了更多彩多姿的世界。當她在工作上、在生活裡、在大學校園玩得不亦樂乎的時候，他關在練習室裡沒日沒夜的爬分、團練；當她寂寞、孤單、難受的時候，他還是在練習室裡昏天暗地。

他不是個好男友，他的日子裡有太多無法調和的衝突性。

比如，賽場上一秒的榮耀，真的比得過長達數十個月在狹小的空間裡，從早到晚盯著電腦的疲倦嗎？又比如，當戰績不理想，夢想與現實落差太大、焦躁絕望又對未來迷惘的時候，即便教練、高層都說破了嘴，心裡那份痛苦仍舊會越滾越大。

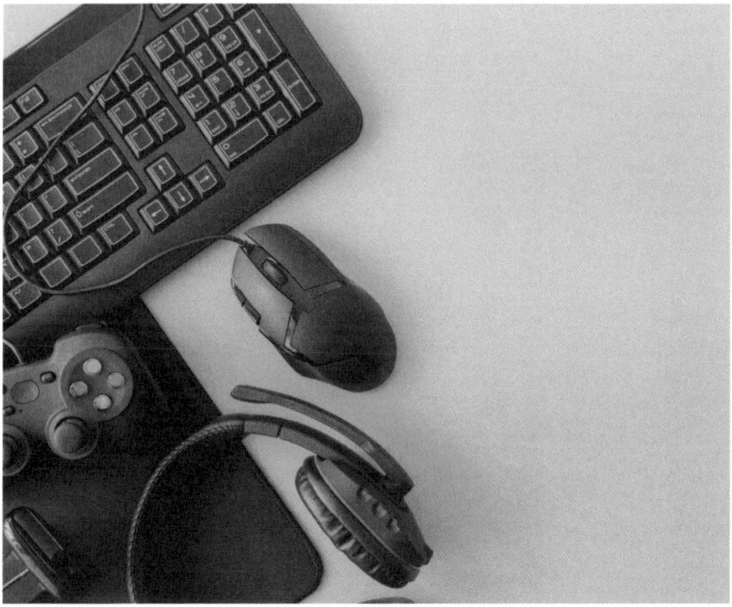

有時候他會覺得，在這龐大的產業鏈裡，他們是最無奈的那些戲子。他們心甘情願奉獻青春，以為把興趣當工作之後生命就會閃閃發光；他們站在賽場上，背負著崇拜或唾罵，讓這款遊戲有比賽可以造勢，有素材可以宣傳，有粉絲引來流量；萬眾矚目的燈光打在他們身上，卻不知道有多少人看見這燈光下，他們必須承受的陰影。

有些人會說，歡喜做甘願受，自己約的炮，哭著也要打完。大部分狀況下，他也是同意的，他沒什麼可以抱怨的。然而偶爾他又會想，他們也都還只是孩子啊！別的國家、別的賽區有更專業完善的環境，來保證選手身心靈的健全，而他們卻只有半調子的模仿，每個人喊著口號、嚷著不忘初心，同時又都是那麼無助與迷惘。

20歲，他跟她分手了，那個曾經為了他哭成包子的女孩，已經成為了千嬌百媚、善於收取好處的女人。在她的世界裡，他不再是那個崇拜的偶像，只是一個在炫目光環下千瘡百孔、散落一地的普通人。

分手之後，隊友跟他說：「啊！你們都結束了，要不要跟我們去認識新的妹子？」

他隨便答應了，跟著隊友去了一些夜唱、電競派對、實況之夜之類的活動，然後發現原來前仆後繼的姑娘這麼多。

姑娘們來來去去，每個都讓他想起曾經的她。

這些女孩，現在用金光閃閃、崇拜戀慕的眼神望著他，用跟當初的她一樣含羞帶怯、略顯笨拙的示好手法來跟他調情，可是之後呢？他覺得已經看透了一切，這些女孩終有一天會發現，他只是一隻被關在籠子裡的困獸，然後她們會走，而他走不了。

偶爾也有一些女孩，可愛到讓他覺得願意試試看，不過總是沒過多久，他就覺得索然無味，彷彿感官已經麻木了。

在這些情緒無法調和的衝突，彷彿已經麻木的感官之中，偶爾也會升起一股焦躁難耐的渴望。想要來點不一樣的刺激，想要跟一個人激烈的碰撞，想要去哭、去笑、去愛、去傷害也被傷害，想要讓自己感覺生命仍舊有新鮮的、不一樣的事情在發生，想要感覺活著。

對於一個男生來說，最快的方式就是男女關係，或者說肉體關係。而電競選手又是最不缺關係對象的一群人。

於是，他幹了一些他覺得渣男才會幹的事情，說了一些他覺得只有爛人才會說的話。他想，他正在逐漸變成一個自己曾經唾棄的人，與此同時卻又夾雜著一點快感，做好人真無聊！他會這樣想。做壞人多有趣啊！

當然也不是真的壞，就只是一點點幼稚的、壓抑的、無聊的不負責任，一點點任性的、缺少同理心的、自我中心的口出狂言。

即便只是這樣的一點點壞，也足夠讓他在這圈子裡登上幾次「八卦熱門」。他的形象從最初的優秀新人選手，慢慢變成渣男、草粉王，偶爾他會思考這一切背後有沒有任何意義，照理來說應該是要有的，他也應該要在這些跌宕起伏的荒唐事中，變得更成熟，領悟一些更深刻的人生道理。

也許有一天吧！也許他心裡是期待那一天到來的。

他飛快的按著滑鼠，操控著畫面上那個小人兒，他丟技能、華麗的走位、扣血、反殺，什麼時候，他也能這麼精準的操控自己的人生、掌控自己的心情就好了。

年少時，只想實現夢想。夢想實現後，卻發現人生還有許多其他的磨難與挑戰。

此刻，他只希望可以有一個環境，讓自己好好長大。

Chapter 12

Primo！ Spark！ Luxy！

歡場無真愛，可偏偏每個剛踏進歡場的年輕人，都要痛過才會明白。

我一直都想替台北的夜店寫幾篇文章，它沒有香港蘭桂坊那麼活色生香，沒有上海TAXX那麼暗潮洶湧，沒有拉斯維加斯OMNIA、Hakkasan那麼星光熠熠，台北的夜店跟台北的生活一樣，是很親民宜人的。

寫下這句話，Mady看完大笑三聲，用歲月不饒人的口氣說：「18歲那年，誰會想到有一天，我們居然老到用『宜人』來形容台北的夜店？」

每次在Dcard上看到「夜店渣男辜負我」系列的文章，我都會露出一抹國中的實習老師看到學生早戀時的微笑，為什麼是實習老師呢？因為實習老師自己大概也早戀過，距離早戀的歲月還不是那麼遠——換句話說，就是還沒老到為了道德禮教忘卻七情六慾的年紀。

實習老師看到學生早戀時的微笑，大致上的意思就是：真懷念啊！真可愛啊！有點同情你們艱難的處境，但不痛又怎麼會是炙熱的回憶呢？

台北的夜店，到底「宜人」在哪？

第一，沒那麼多鬧事鬼。台灣人愛好和平，年輕人也挺愛面子，即便喝醉了也還是維持這兩種屬性。夜店保安站出來，百姓們奉公守法的本性就出來了，行行行！大事化小、小事化了，不拉扯、不幹架、不砕酒瓶。

第二，夜店關門後，謎樣的下個行程。大家聽到「夜店關門後，男男女女的下一個行程……」應該腦海中都會浮現出一些不可告人的「嘿嘿嘿」的事。但其實，台北夜店凌晨三點多開燈之後，你最常聽到的一句話是——「欸，要不要去吃東西？」

東區的凌晨四點，累得半死的上班族跟乖巧的學生們正在酣睡之際，只有兩種人醒了，一種是睡到四點自然醒的阿公阿嬤，準備跳個早操、在公園跑個步，再去市場買菜。另一種，就是剛去完夜店、仍舊精力旺盛的年輕人，你會在爭鮮、早餐店、劉媽媽涼麵……等地方看到他們，他們或者嘻嘻哈哈、或者頂著殭屍臉，正大啖著台灣小吃。

第三，很有禮貌的搭訕者。身為女生，尤其是剛開始跑夜店的年輕女生，一個晚上不被搭訕三四次都不算功德圓滿。相比其他地區，台北夜店裡出現「鍥而不捨男」（說難聽點就是「持續騷擾男」，通常這些人不僅持續騷擾，還一上來就手來腳來，或者是說一些自娛自樂的傻話，讓人尷尬又無言。）的機率算滿小的，這個搭訕不成，就換下一個，天涯何處無芳草。

18歲那年，台北夜店裡的帥哥還是一抓一大把的，轉眼七年過去，當年那些帥哥不知所蹤，台北的夜店也早已換過一輪。

當時，我們一幫姊妹最喜歡的非ATT五樓的Primo莫屬。

Primo走一種低調奢華路線，由於老闆是黃立成，去十次有九次會聽到周遭的人們竊竊私語著：「欸，蕭亞軒好像來了！」、「聽說柯震東在裡面……」

對於尋歡的年輕人們來說，與明星藝人們有了「同場共玩」之雅，實在妙哉，更添今朝有酒今朝醉的氣氛。

也不知道是行銷手法還是怎麼來著，Primo的帥哥美女特別多，常常會見到模特等級的高眺混血妹子，或是帥到應該去拉斯維加斯的白人少年出沒，當然，他們的存在除了讓你養眼以外，通常都不會跟你的人生有任何瓜葛。

Primo的舞池很小，玩法更偏向「有局」的玩法，也就是你的朋友帶了一群人在那裡開了包廂，你們也許互相認識，也許互不相熟，反正就待在你們的小圈圈裡互相交際、放縱一下。

當然，越不熟的「局」，遇到渣男的機率也越高。基本上「跟局」遇到渣男的機率，比你們三五好友散票進去的機率，高出不只一倍。因為，對待「朋友的朋友」，我們已經先卸下了對陌生人的心防，更願意與他們交際、更願意相信他們說的話，而夜店渣男滿嘴跑火車的特性，是沒有在管你遠親近鄰的，你要相信他們，那真的是活該。

有一件事我氣到現在，18歲那年在Primo，有個渣男跟我唬爛自己是加拿大留學的韓國混血兒，我請他說句韓文來聽聽，他說：「Hakuna Matata。（獅子王經典臺詞）」

就這麼瞎，他還繼續扯淡說那是「你很漂亮」的意思。最後大家結帳的時候，他說沒帶現金先跟我借七百，從此人間蒸發、消失在人海，訊息不回，共同好友也裝傻擺爛。

於是我只好發揮台灣人的精神，大事化小、小事化了，七百塊就當肉包子打狗有去無回。但我現在熊熊回想起來，還是很氣。

還錢啦！淡江大學的謝先生！

同樣也是18歲那年，Mady在Spark有了一場如青春愛情電影般的邂逅。即便她後來成為了一個既毒舌又實際的利己主義者，這段邂逅依舊是她心頭最柔軟難忘的一塊。

2012年，世界本來要毀滅的那年，後來大家也都知道，世界並沒有毀滅。就是在那個世界本應毀滅前的夏天，Mady在Spark認識了Howard。

Spark位於101樓下，市府路45號的B1。

Mady認識Howard的那天，她本來是跟Bonnie一起去的，但Bonnie當時剛成年，家裡管得嚴，媽媽叫她凌晨一點前要到家，不然打斷她的腿。

「凌晨一點到家，那妳不是十二點多就要走？」Mady傻眼地說。

Bonnie回答：「而且，我想省錢，所以我還是搭捷運回家好了，最後一班車是12點02分。」

「那玩屁啊？」Mady在Spark門口得知這個消息時，差點想把Bonnie掐死。

後來，她們倆買了入場券進去，各換了一杯香檳。香檳剛喝完，人剛多起來，Bonnie就像灰姑娘一樣匆匆忙忙地趕回家了，Mady不甘心自己花兩小時精心化的妝容沒人好好欣賞，決定留下來多玩一會再回家。

那個年代，台北的姑娘們去夜店是會精心打扮的，穿上性感火辣的短裙、One Piece，足蹬高跟鞋，化個煙燻妝配假睫毛。現在，每當我們在信義區看到排隊等著進夜店的妹子，穿著T-shirt、短褲配球鞋，完全一副去逛街的打扮時，都會感嘆時代不一樣了。

我們那個年代精緻的跑趴girl，現在只有在拉斯維加斯才看得到了。

回到故事裡。

凌晨一點，Bonnie回到家洗洗睡了之後，Mady正在Spark ＤＪ臺前的高臺上跟不認識的姐姐們熱舞，動茲動茲一會之後，Mady跟姐姐們就認識了。

其中一個姐姐問她，「妳幾歲？」

她說，「我十八。」

姐姐說，「這麼巧，我們今天也帶了一個十八歲的弟弟來，你們認識一下啊。」

然後，她們下了高臺，走進人群裡。那個十八歲的男生轉過身來面對Mady，面容白皙、雙眼狹長，笑起來就像年輕15歲的修杰楷。

從那之後，一連三天，每天晚上Mady跟Howard都玩在一起。

Howard在紐約留學，回台灣過暑假，爸媽和阿姨都在國外，阿姨把自己在天母高級社區的房子借給了Howard，讓他回台灣的時候隨便住。

第三天晚上，在那個茶几跟餐桌底下鋪著高雅地毯、玻璃櫃裡放著亮晶晶高腳玻璃杯的房子裡，Mady說她沒有喝醉過，Howard說他也沒有，於是他們就去7-11買了一支便宜的威士忌，還有一大瓶可樂。

威士忌配可樂，又烈又甜的氣味，兩個人像比賽一樣狂灌。

結果，Mady先喝醉了。Howard把她抱回房間，問她要不要做，Mady說她的第一次要留給未來的男朋友。

Howard說：「那我做妳一晚上的男朋友。」他的雙頰微紅，吐息間帶著威士忌的味道。

Mady說：「才不要，去死吧！」

當然，「去死吧」是針對那句即便喝醉了聽到也還是覺得很人渣的發言。

但是，清醒了之後，Mady不認為Howard是個人渣，因為那天晚上他們還是相擁而眠，Howard除了在她額間印下一吻以外，舉止規矩紳士到不行。

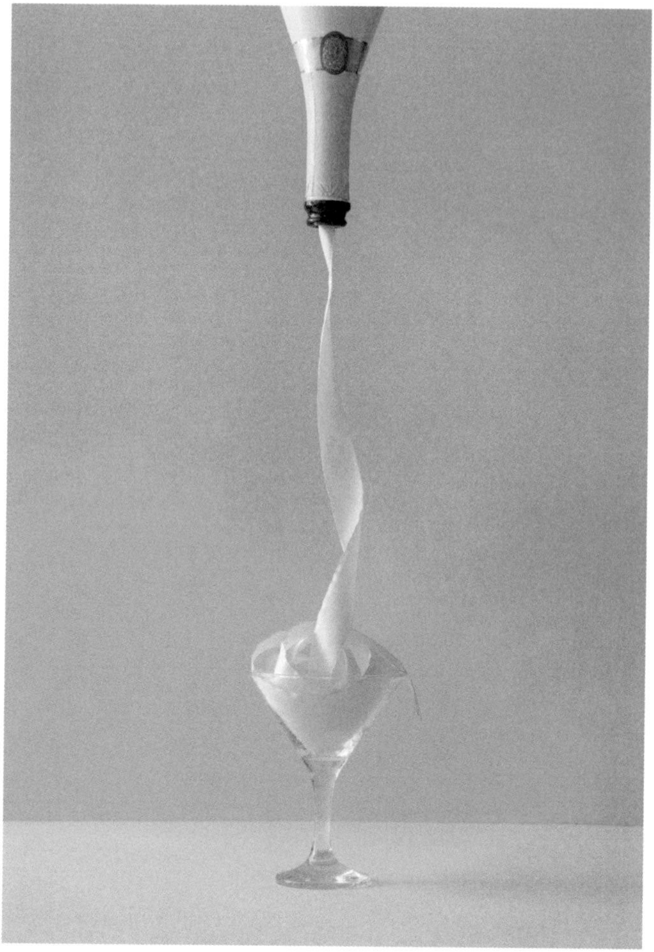

第二天起來，他們一起吃了早餐，下午看了電影。

那天是禮拜一，夜店不開門。第二天是禮拜二，夜店還是不開門。第三天是禮拜三，Howard搭乘下午四點的飛機，飛回紐約，從此他們再也沒有見過面。

用英文來說，那是一場Summer Crush，短暫的、轟烈的、沒有道理的夏日迷戀，發生在最適合這種戀情的18歲。

仔細回想起來，其實Mady並不認識Howard，Howard也並不認識Mady。

他們不知道彼此的生日，不知道彼此的喜好，不瞭解彼此的過去，不曾分享過彼此的傷痛與喜悅，甚至連彼此的本名叫什麼都不知道。

後來，Spark從１０１搬到ＡＴＴ，然後永久歇業。

Mady的夜店時代，也在三年前畫下句點。她流連夜場的歲月，前前後後共四年，除了Howard以外，再也沒遇見另一個如夢似幻的男孩。

Mady說，夜店就像人生的縮影，什麼都不懂的年紀，最動心。而遇見過最動心的之後，接下來的劇情只能越來越血淋淋。最終，大家累了、倦了，各自收山，踏著蹣跚而沉重的步伐，走進現實裡。

夜店裡，一邊跟男女友發簡訊、一邊跟你說單身的十有八九，更多的是嘴裡把你稱為唯一，太陽出來後忘得一乾二淨的逢場作戲。

夜店只是一個舞臺，專門給寂寞的男男女女演出激情忘我的戲碼。都說戲假情真，這裡是戲真情假，以愛之名共譜一場放浪的劇，每夜一循環，凌晨六點曲終人散、準時收攤，晚上十一點再會。

既然是戲，那就看戲、享受戲，何必入戲？入戲傷身，別跟戲裡的角色一般見識。

如果要去夜店，穿好你的戲服，沉浸在這酒酣耳熱的即興劇裡吧！

這一晚，你不是你，她不是她，我不是我，慾望跟著音樂一起震耳欲聾，我們只是這城市尋歡的過客。

Chapter 13

生活太難，必須戀愛

那是個週四的傍晚，大街小巷瀰漫著一股既厭世又歡喜的氣氛，厭的是還要再上一天班才放假，喜的是只要再上一天班就放假了。

我正結束了一個商務聚會準備回家，途中到捷運站旁的便利商店繳費，誰知道在轉角的巷口，看見她正和一個男人拉拉扯扯。

她叫許貞琪，是我的高中同學，我們之間連絡的頻率大約是兩年一次。如果雙方都比較閒，或者有什麼老同學從海外回來，頻率可能會拉到一年一次。

在巷子口的路燈下，那個男人被許貞琪拽著，邊甩手邊低吼著：「妳只是想要有個男人可以在妳生活裡，陪妳看電影、幫妳搬快遞、替妳打蟑螂而已吧？少講得那麼至死不渝了。」

許貞琪一愣，旋即冷笑一聲，立即放開了手。她雙手一攤，反唇相譏：「你呢？你只是想要有個女人隨時可以上床，因為自己都不喜歡自己、所以硬要找一個人來喜歡，說是談戀愛，其實只是要填補沒自信的空虛吧？」

男人一張臉脹得通紅，聲音微微高了幾度：「原話送還，抱歉喔！妳也不是什麼正妹、女神，少講得一副好像妳就很高尚的樣子。」

許貞琪別過臉，掏出手機來滑，不願再理會那個男人。那男人見許貞琪不回話，也拿出手機來刷了幾秒，然後頭也不回地轉身離開。

我挺尷尬的，因為他們所處的位置，正好在通往便利商店的必經之路上。我思考著是否該換別家超商，但看見男人離去，許貞琪低頭滑手機，心裡又想著也許我快速走過的話，她就不會發現我了。

結果在我低頭快步經過的時候，她正好放下手機，我倆四目相對，我露出一抹尷尬又不失禮貌的微笑，她則在錯愕之後給了我一個苦笑。

「嗨，好巧，哈哈。」我說。

「對啊，妳怎麼在這？」她說，不等我回答又道：「要一起喝一杯嗎？」

發生了剛剛那件事，她的心情肯定不好，我思來想去，覺得畢竟三年同窗情誼，還是陪她喝一杯、抒壓一下比較好。

在日式居酒屋裡，她倒了一杯清酒，仰頭一飲而盡，就這樣連喝了三杯，才嘆了口氣，抬頭看向我。

「妳不覺得……出社會後的日子，真的很累嗎？每天早上八點起床，看著灰濛濛的天空，找不到任何去上班的理由。每天晚上八點下班，一想到要搭上人擠人的捷運藍線，就覺得暴躁厭煩，彷彿不找一點刺激的、不一樣的事情來做，整個人就要被生活榨乾壓垮了！」

我望著她，雖不像她說的那般極端，卻也能夠理解她的心情。

「妳不喜歡妳現在這個工作嗎？」我問。

「小公司啦，瑣事一堆，整天打雜、跑腿，完全沒有成就感。老闆高高在上、自命不凡，薪水只比基本薪資好那麼一兩千……」她說了半天，突然覺得自己聽起來好像太愛抱怨了一些，只得硬生生打住，又倒了一杯清酒，一飲而盡。

「那，平常可以讓妳抒壓的、感到快樂的事情都有哪些啊？」我嘗試換個正能量一點的話題：「剛剛妳有說喜歡找一些刺激的、不一樣的事情來做？」

「唉……」她嘆了好長一口氣，彷彿不願多談，猶豫半晌卻又掏出手機來，在螢幕上按了一下，然後將手機越過桌子遞過來給我。

我接過來一看，是個交友軟體，她在上面跟各種男人聊天。

「也不錯啊。」我說，知道她不願意直接講出來的原因，多半還是為了華人社會普遍對社交軟體用戶的刻板印象，「說真的，交友軟體就是一種新時代的社交工具，幫助本來沒機會在現實生活中認識的人們，可以有機會跟緣分接觸彼此嘛！」

「是啊，道理是這樣沒錯啦。」她無奈地說：「我的環境很有限，辦公室根本沒有合適的對象，我的工作性質又不是需要接觸外人的那種……當初我也覺得也許用交友軟體可以拓寬社交圈，認識一些有趣的、可以發展的對象。」

「結果都沒有嗎？」我有些疑惑的問道。

「確實是認識了很多人。」她想了想：「但是……」

她開始跟我訴說一段往事。

她說，她自知不是會讓男孩一眼心動、前仆後繼的那種美女，所以總是謹慎小心，想以誠待人來當作自己的優勢，誰知道繞了一圈之後發現，這個時代真誠是最沒用處的東西。

大學時代，剛用交友軟體後沒多久，她就認識了一個男生，兩人聊了半個月，然後順理成章地約出來見面。男生談吐風趣、鎮定自若，她從來沒跟男生約會過，有些欣喜，也有些暈陶陶。

約會行程結束之後，他問她要不要去他家坐坐，然後在他家把她給睡了。

她也不是傻子，卻是個未經世事的少女，所以在對方吻上來時，她自認聰明地開口問道：「所以，你想做我的男朋友嗎？」

那男孩一邊將她壓倒，一邊含糊不清地呢喃：「不想的話，就不會帶妳回來啦！」

男孩的吐息噴在頸邊，溫熱的大手在她腰間游移，她想著：「我的第一次就要在這裡發生了」，並在恍惚間認定對方這番發言就是真心誠意的告白，於是便心甘情願地交出了自己。

那夜過後，男孩會叫她寶貝，也會叫她出來過夜，然而他們總是在男孩需要的時候才約會，當她想見對方的時候，對方總是推說學校忙、朋友有事、家裡人有事。

一開始她並不把那些當藉口，她選擇相信他所有的一切，直到另一個女孩找上了門。

那個她不認識的女孩，在社交媒體上私訊了她，告訴她那個男孩同時和四個不同的女生維持肉體關係——她們都被騙了。

面對這個殘酷的事實，她其實沒有太傷心，她知道自己早就意識到對方不是真心要交往，只是放任自己沉浸在夢裡，享受一場「我正在談戀愛」的獨腳戲。

她直球對決那個男生，結果對方雙手一攤，坦白承認，他說：「我從來沒說我只有妳一個，妳也沒問，妳只問是不是要做妳男友，我確實也做了。」

她也懶得跟他爭論「男友的權利義務」，她知道世界上像他一樣的男孩多了，她辯贏一個，又怎樣呢？橫豎也於事無補。

他們就此別過，她刪掉了交友軟體，打算等出了社會，認識一個真心誠意的好男生之後，再好好談一場戀愛。

大學畢業，她搬離家裡，租了一間小小的套房，開始過獨立的生活。那間套房雖然坪數極小，開了大門幾乎就能撞到床，但是地段還行，離捷運站也在步行十分鐘內的距離。可惜就是沒有電梯，每當拖著疲憊的身軀下班回家，氣喘吁吁地爬上四層樓之後，打開門看著黑漆漆的房間，總覺得無比寂寞。

原本對出社會後能有一段美好戀曲的期待沒有發生，不僅在工作環境中認識不到異性，出去跟老朋友聚會時，他們帶來的男性好友總是對幾個纖瘦漂亮的女生感興趣，而她也不想主動出擊，以免失敗後落得被嫌煩、被訕笑的下場。

於是，在一個屋頂漏水的颱風天，她冒雨出門買臉盆回家接水，外頭是風雨飄搖的呼嘯聲，屋內是滴滴答答的漏水聲，她在又濕又悶的空氣裡啃著冷冷的三明治，突然就哭了起來。

她好寂寞，真的好寂寞……生活了無生趣，她覺得自己又累又悽慘。如果、假設，此刻她是跟戀人一起窩在家裡，哪怕屋頂再多幾處漏水，也都會笑語連連、甘之如飴吧？她想。

她嚥下最後一口三明治，打開手機，重新下載了交友軟體。一個人過生活太苦了，她不想再一個人了。

然而，很快就發現，如果她太快拒絕跟男生發展成肉體關係，對方也會很快就開始不讀不回。她不太確定是自己接觸的對象類型的問題，還是自己本身氣場有問題。

她左試試、右試試，各種類型的男生都試過了，每次都是相同的模式，於是她認了，上床就上床吧！跟一個男生發生肉體關係，換得一個能暫時陪伴、打發無趣生活的對象，橫豎也沒有虧。

她把這樣的交友模式稱為「免洗筷關係」，比速食愛情的汰換率更高、更不上心，就像食客在餐廳對待免洗筷的態度一樣，用完就丟，毫不猶豫。

「啊，」此刻她坐在我對面，已有幾分薄醉：「照網友的角度來看，免洗筷關係大概介於約炮跟固炮之間吧！不只約一次，卻又沒有那麼長期穩定在約。」

「可是……妳想要找的，還是男朋友吧？」我有些難過地問。

「……」她看了看我，深呼吸了一口氣，用有些煩躁的姿態吐出來：「說實話，這麼多年，我早就放棄了，心如死水了吧！」

我不知道該回她什麼，她看起來不像是放棄的樣子。她的眼神裡充滿了疲累挫折的逃避，還有努力自我安慰的掙扎。在我看來，她還是想繼續努力的，只是在充滿情緒的時候太難了！連邁開一步的力氣都沒有。

我替她斟上了酒，她舉起來放到唇邊後又放下，然後幽幽地說道：「其實我也明白，那些男生只想跟我維持肉體關係的原因。」

「是什麼？」我小心翼翼地問。

「我不是個有趣的人。」她雙手一攤：「我迷惘、我受挫、我自卑，這麼多年來累積的負面經驗，讓我在認識每個異性的時候，就已經判了雙方死刑。我從來沒有試著引導他們用『我真的期望的方式』來跟我相處，他們還沒表態，我就已經相信他們不會是真心付出的，然後又縱容他們把我當成了玩玩的對象，事後卻還要責怪世間無真情。」

我沒料到她突然如此殘酷地自我剖析，愣了半晌，才有些不確定地開口：「既然妳都知道，代表妳是個聰明的、看得透的人，這樣的人我覺得已經很有趣了呀！」

她笑了笑：「謝謝。」她喝了口酒，「我倒覺得像妳這種懂得聽別人說話，適時的附和，給予回應跟情緒價值的人，才是會讓大部分的人覺得有趣的對象吧。我只會嘰哩呱啦地說我自己，在那些男生說起他們的事情的時候，恐怕都沒有真的好好陪他們深層地聊下去吧。」

我笑著擺了擺手：「大部分的人都只喜歡聊自己啦，這是人的本性。」

她又說：「我也知道，我不停地找男人，是為了解決自己的寂寞。然而我的寂寞來自於我無法消化自己生活上的挫折，長久下去的話，這種循環絕對不健康。」

我問她：「那妳有想好怎麼辦了嗎？」

她聳了聳肩：「改天再想吧！現在提不起勁來。」

我噗哧一笑：「行，先喝酒吧！煩惱的事明天再來煩惱。」

「嗯哼。」她點點頭，將酒瓶裡的清酒倒空：「先喝酒，找個男人過夜，過一天算一天吧！」

Chapter 14

台北完美男友

Bonnie最近跟她男友分手了，然後遭到所有朋友的責怪。不是因為Bonnie做了什麼十惡不赦的事情，比如出軌、偷吃、搞曖昧、騙錢，而是因為這個男生在所有人眼裡都是「台北完美男友」，大家認為Bonnie真的是身在福中不知福。

到底是什麼樣的男人可以被所有沒跟他交往過的路人稱為「完美男友」？又是一個怎樣的人，明明都得到這麼高的評價了，卻還是維持不住一段感情呢？

我跟Mady很好奇箇中奧秘，於是，約了這位男士出來好好聊一聊。

他叫麥特，以下是他的故事。

他一直在追求一種「人見人愛」的境界，不是異性緣很好的「人見人愛」，而是處事圓滑周到，讓每個相處過的人都覺得他很貼心的那種。

他不確定這種執著，到底是原生家庭的問題，還是天生個性的問題。麥特的原生家庭很標準、很正常，有一個努力工作的職業婦女媽媽，跟一個作風海派的豪氣爸爸，雙親各自的家庭也都屬於「台灣傳統大家族」，彼此之間的相處和樂融融。

「而且我還有個弟弟，但是，我弟就沒在追求『人見人愛』這種事情，我想可能還是天生個性的問題吧。」麥特在很認真地想了一想之後這麼說。

「不過就你個性上的特點來看，」Mady一針見血地說：「你確實是有本事去追求這種『人見人愛』的。」

Mady說得沒錯，麥特不管是對朋友還是對家人，都秉持著一種細心、觀察入微、樂於付出、好脾氣、成熟穩重的態度。

然而面對Mady的評論，麥特搖搖頭說：「跟Bonnie分手之後，我才開始認真思考，我一直以為這種體貼的性格是我的優點，但有沒有可能同時也是個缺點？當我太想要去討好周遭所有人的時候，從來不曾問過自己那個『最重要的問題』。」

我問：「什麼問題？」

麥特說：「我是真正想做這些事嗎？還是只是因為我知道這些事情做完之後，別人會開心，而我認為我應該要讓別人開心。」

Mady點了點頭：「比如說呢？」

麥特想了想，有些惋惜地笑道：「比如跟Bonnie在一起的時候，有一次……」

當時兩人才剛在一起沒多久，那天他們一起去吃飯，吃的是東區某間很有日本風情的咖哩店。

麥特很喜歡Bonnie，認為Bonnie有趣、聰明又特別，而且Bonnie不喜歡做表面功夫，喜歡的東西就會坦率地說喜歡，不喜歡的東西也會委婉而直白的表達，這讓麥特覺得和她在一起時很舒服。

那一天，Bonnie吃了一口咖哩飯，用手指抹了一下唇角，麥特立刻察覺到這個動作背後的原因，馬上遞上了衛生紙。

Bonnie一愣，有些驚愕地說：「呃，你觀察力真敏銳，謝謝。」

吃完咖哩後，兩人前往另一個地方續攤，那裡有一座向下的旋轉樓梯，本來麥特走在外側，Bonnie走在內側，但因為內側的階梯面積較小，於是麥特告訴Bonnie：「妳走我這邊吧，比較好走。」

Bonnie又是一愣，不太自在地笑著說：「其實你可以不用做到這個地步的。」

聽到這裡，Mady嗤了一聲：「拍謝喔！麥特，我們家這個姊妹就是比較難搞，抖M啦！一定要人家對她不聞不問她才喜歡。」

「不是啦。」麥特趕緊搖搖頭：「我想，是我表現方式的問題吧。Bonnie曾經說，跟我在一起的時候，她就像被我捧在高高的寶座上，但她想要的其實是和我併肩坐在一起。」

麥特說，他在感情路上曾經歷過多次轉折、成長，現在遇到Bonnie，又是一個新的領悟。

他說他曾經是個不懂事的少年，比起陪女友，更喜歡和兄弟出去玩，甚至不願意在不想講話的時候接到女友打來的電話。當時，他總會告訴女友：「妳不要打給我，我忙完了自然會打給妳。」

後來，他漸漸長大了，認為這樣的做法太不近人情，開始想要成為「努力付出」的那一方。然而，一開始的付出，總是給得太多、想得太美，慢慢地就養出了幾個公主病女友，對他頤指氣使不說，後續的相處也越來越走味。

「有一部分的台灣男生都跟我一樣，有過這種迷思吧。」麥特聳了聳肩，自嘲地笑了：「我們總想要對女生好，怕她生氣、傷心，但是卻用錯了方法，在該溫和地說道理，該堅持立場的時候，選擇了退讓和隱忍。」

「真的看過好多這種案例。」我有些無奈地同意，接著說：「不過你有發現這個狀況，然後做出改善啊！」

「是啊。」麥特望向窗外，若有所思地說：「遇到Bonnie之後，我想著——終於遇到一個懂事、可以講道理的女孩了！我好想把我這些年學到的、最好的都給她，結果也因為太急著表現，所以每次相處時總是不自然、卡卡的。當她想跟我打屁聊天、準備暢所欲言時，我卻老是在思考著如何顧全細節，反而忽略了她最重視的其實只是開心的、全心投入的談天。」

Mady感動得眼淚都要落下來了：「我靠！這麼好的男友哪裡找啊？在這種大家都只在乎自己享樂、生怕吃虧的年代，願意真的發自內心去關懷對方感受的人，打著燈籠都找不到了吧！」

「謝謝。」麥特感激地笑了，卻又說道：「就是因為這樣，Bonnie才會被朋友嫌棄不知足吧……**要真的做到一個好男友，也得給對方真正想要的東西才行，不然**

永遠是雞同鴨講啊。」

「不過，」我突然想起一件事，決定在這時候告訴麥特：「Bonnie確實有說，她提分手時你的反應，為你這個人加了很多分。」

Mady翻了翻白眼：「叫她不要鬧了好不好，分手就分手了，加分幹嘛？發到PTT上都不知道要被人唾棄幾回欸！」

麥特連忙出聲：「不，這對我來說挺重要的，可以告訴我她說了什麼嗎？」

分手這件事，其實Bonnie想了很久，也在我們面前哭了很多遍。她說，可能再也遇不到這麼真心、這麼好的男人了，然而每次相處時那種頻率不同、總是被人小心翼翼地捧在高處的感受，讓Bonnie即便得到了所有的關愛，都還是覺得很寂寞。

Bonnie發現自己越來越不愛說話、越來越麻木，覺得無趣。她很痛苦，但她不知道該怎麼跟麥特開口，每當她看著麥特小心翼翼地照顧自己的舉動，她的心更痛了。

後來，是麥特發現Bonnie的態度越來越奇怪，越來越疏遠他，也越來越封閉，於是主動找她談，希望彼此把話說清楚。

那一晚，Bonnie邊說邊哭，她說沒辦法再繼續這樣下去了！她覺得很對不起麥特，她很想繼續跟麥特走下去，可是她不知道還有什麼辦法。

麥特幫Bonnie擦乾眼淚，溫柔地說：「也許，我們先做回朋友，我也可以調適好自己的心情，不再用小心翼翼、瞻前顧後的陪妳聊天，我們可以找到更自在的相處之道……」

Bonnie後來告訴我們：「在他身上，我看見了難能可貴的特質，讓我也開始反省自己所欠缺的包容與大愛。如果可以，我也想學會好好地去愛一個人，陪他一起成長，不要一不順心就選擇分手……如果我學會了這些之後，他還在的話，希望我們可以維持一段美好的關係。」

她一邊說，一邊又掉下眼淚。那一刻我真的感覺到——這個自私任性、主見極強的小女孩長大了，不再是那個因為一點不如意，就嫌東嫌西、嫌棄整個世界的幼稚姑娘了。

Mady想起當時Bonnie梨花帶雨的一幕，點點頭說：「是啦，其實她對你是很認真的……她對每個人都是很認真的，只是有些人未必能明白她的心思。」

「以前的我，或許也是不明白的那個人吧。」麥特說，有些感慨地嘆了口氣：「我真的……真的覺得這樣就好了。能夠從彼此身上學會一些東西，幫助對方成長，就是最好的關係。」

我問他：「那你覺得在這段感情裡，你有找到自己嗎？」

麥特一愣，旋即回答：「不敢說全部找到，至少找到了一部分吧……我變得更加明白自己的個性，理解自己欠缺的東西，也明白應該要怎麼去調整才能做得更好。而且，這是一次良性的自我探索，最終沒有人覺得被誰傷害，也沒有產生任何的負面情緒，所有的結果都是好的。」

我不由自主地漾起嘴角露出微笑。會問麥特這個問題，是因為我想起了Bonnie告訴黑髮灰眼混血男的那句話：「偉大的戀愛，當然是找到愛情的同時，又找到了自己。」

Bonnie，妳現在還堅信台北沒有偉大的戀愛嗎？我面前坐著的這個男人，在與妳深深愛過一場之後，確信找到了自己，也更懂得自己。而我相信妳也一樣，找到了可以在未來繼續努力變好的自己。

「你想跟Bonnie復合，對吧？」Mady喝光桌上的柳橙汁，貌似隨口一問，然而眼底卻無比認真。

「復不復合，其實好像也不是重點。」麥特說：「我們還彼此關心著，還在嘗試找尋更好的相處方法，現階段這樣就夠了！至於雙方的努力，最後到底是不是一定得復合才算『修成正果』，誰又說得準呢？」

Mady似乎很滿意這個答案。

「不錯，這就是我年輕時一直嚮往的那種『成熟的戀愛』呀！」她拍了拍麥特的肩，真心地說：「你真的是完美男友，撇開貼心、觀察入微的舉動不說，更重要的是那顆溫柔、包容、成熟又懂得體諒的心。」

後記　寫在《台北戀愛圖鑑》之後的話

謝謝看完這本書的你，也謝謝本書的出版社、總編及責編，在我無數次拖搞時，沒有正面咒罵我XD

這本書是我從來沒想過自己會寫的書，小時候的我是最討厭散文的，因為覺得看不過癮就沒了，讓人好生氣惱。長大後發現，散文之美便在於它的短小精悍，有時寥寥數筆，便勾勒出一個蕩氣迴腸的故事、一幕扣人心弦的場景，然後留下久久不會散去的餘韻。當然，我的作品大概還沒有高端到這種程度，也總有一些讓我覺得可以一改再改的地方，只是若這樣拖沓下去，我大概此生都等不到出版的一天……在寫作這條路上，未來真是還有很長的路要走。

大家可能會發現，《台北戀愛圖鑑》的寫作手法分成兩派，一些比較偏向「分析文」、一些則比較具有「故事性」，因為那是我在兩個不同的時期寫的。「分析文」類型的章節，完成的時間較為早期，而在寫完〈美夢不成真女孩的自救指南〉一章之後，就進入了「故事性」的後期。

其實，〈美夢不成真女孩的自救指南〉這一章，真的是改編自我某位小學同學的真人真事，應該說，這本書裡面的每一章，都是改編自我身邊的真人真事，只是這一章讓我特別有感。

因為，〈美夢不成真女孩的自救指南〉裡，這位跟我同年同月同日生的小學同學，我們曾經有過絕交、嘴裡稱姊妹心裡互相討厭……等等「少女間的鬥爭」XD透過書寫這個章節，我也與記憶中的她和解了，那真的是一種很感動、充滿了愛的感受。

說來慚愧，我曾經先入為主的認為，未婚懷孕、放棄學業的她是在自毀人生。然而，為了寫這一篇，我瀏覽了她發的每一則臉書動態，慢慢發現她那些勇敢的、不受挫折影響的、始終努力生活、願意保持樂觀的美好特質。

那是她親手選擇的人生，哪怕看上去「美夢不成真」，她也依舊努力把這條命給活出獨特的風采，曾經的美夢不成真又怎樣?她成就了人生更現實的那種堅韌美態。

這其實也是我寫《台北戀愛圖鑑》的核心理念——戀愛百百種，戀愛在這座城市裡發生，每種型態的戀愛都是獨特且有其意義的，而這座城市、我們每個人也都是獨特且有意義的，而這些意義不需要與別人的相同。

希望透過《台北戀愛圖鑑》，可以為我的讀者們提供一些更細微的感受，在相對保守又熱愛竊竊私語去批判的這塊土地上，找到一種更平和、更包容、更懷抱著愛的角度，來看待一切我們周遭、與我們有關或者無關的事情。

而這也是我對自己的期許了。

在此獻上充滿愛與動力的祝福。

國家圖書館出版品預行編目資料

SKimmy 的台北戀愛圖鑑 / SKimmy 著 .--- 初版 .--
臺北市：平裝本．2020.7 面；公分（平裝本叢書；
第 508 種）（iCON；55）
ISBN 978-986-98906-4-9（平裝）

863.57　　　　　　　　　　　　109008129

平裝本叢書第 508 種
iCON 55

SKimmy的
台北戀愛圖鑑

作　　者—SKimmy
發 行 人　平雲
出版發行—平裝本出版有限公司
台北市敦化北路 120 巷 50 號
電話◎ 02-2716-8888
郵撥帳號◎ 18999606 號
皇冠出版社（香港）有限公司
香港上環文咸東街 50 號寶恒商業中心
23 樓 2301-3 室
電話◎ 2529-1778　傳真◎ 2527-0904
總 編 輯—龔橞甄
責任編輯—謝恩臨
美術設計—嚴昱琳
著作完成日期— 2020 年 04 月
初版一刷日期— 2020 年 07 月

法律顧問—王惠光律師

讀者服務傳真專線◎ 02-27150507
電腦編號◎ 417055
ISBN ◎ 978-986-98906-4-9
Printed in Taiwan
本書定價◎新台幣 320 元 / 港幣 107 元